U0866757

ホワイトラビット

白兔

〔日〕伊坂幸太郎 著
田秀娟 译

南海出版公司

新经典文化股份有限公司
www.readinglife.com
出　品

白兔

白兔【White Rabbit】

刘易斯·卡罗尔的《爱丽丝漫游奇境》，及《古事记》的“因幡之白兔”中，都有非常著名的白兔形象。

总之[①]，和兔子有关的俗语多如兔毛。

悲惨世界【Les Misérables】

法国作家维克多·雨果于1862年出版的长篇小说。在日本，以《如此无情》的书名出版，广为人知。

迄今为止，这部小说在世界各地被无数次改编为影视剧和舞台剧，但无情的是，在你认识的人中，认真通读小说的人少之又少。

夜【Night】

太阳从空中消失的一段时间，此时会出现小偷和绑匪求之不得的黑暗。

猎户座【Orion】

冬季的星座。在日本，因其形似打击乐器日本鼓，也被称为“鼓星”。

关于其背后更详细的知识，请参阅本书。

---

① 日语中，“总之”一词可以写作“兎に角”。

“对。问题在于怎样才能待下来。”

“不对。问题在于怎样才能出去。”

冉阿让觉得血全涌到心里去了。

“出去！”

“是呀，马德兰先生。为了回来，您得先出去啊。”

——维克多·雨果《悲惨世界》

大约在“白兔事件”发生的一个月前，兔田孝则在东京市区某处停下车，仰望起天空。

“大约在‘白兔事件’发生的一个月前”这种说法或许并不准确，因为以上情景也是白兔事件的一部分，事件的帷幕当时已缓缓拉开，但话说回来，世上本来也没有人把发生在仙台市某幢独栋住宅内的绑架案称为白兔事件，所以还是不要在意这些细枝末节了。

兔田孝则把面包车停到昏暗的车道旁，望向冬日的天空，想着新婚妻子绵子。出门在外时，他常常想起她。真想快点见到绵子，和她好好亲热一番。想到这里，他正好看到夜空中的猎户座，不禁回忆起绵子给他讲过的神话故事。

巨人奥利温是海神波塞冬的儿子，因擅长狩猎而得意忘形。一位女神看他不顺眼，于是送去一只蝎子。蝎子悄无声息地从地面爬向奥利温，尾巴猛地刺入他的身体。即便神勇如奥利温，也终究不敌剧毒，一命呜呼。

“所以，只要天蝎座出现在空中，猎户座就会逃也似的下沉。当然，关于奥利温之死，还有别的说法。”绵子所说的星座知识不过是入门水准，却令兔田甚为佩服。看上去只是几个小光点的星座，背后竟然还有这样的故事，我的妻子果然与众不同。

猎户座是肉眼最好辨认的星座。以被称作“三连星”的二等星为标志，在其上下都能找到发光的星星，共同组成一个五边形下面连着一个梯形的样子。猎户座和白兔事件有着千丝万缕的联系，是这个故事的伏笔——不好意思，这么说可能会影响阅读乐趣，但还是提前告知各位更为妥当。

“星座真是不好懂。硬把几个点连起来，说像蝎子，但完全看不出来啊，太牵强了。”

“别说这种不解风情的话嘛。”绵子有些不高兴地说。

“我开玩笑的哟。”兔田赶紧用二人独处时专用的孩子般的语气回应着。

“久等久等，对不住啊。”猪田胜回来了。他刚刚躲到路旁的电线杆后面小便。

兔田坐回驾驶座，发动引擎。

“你在车里等我就行。”猪田一脸歉意。他已经到了可以被称为爷爷的年纪，却既没有责任感也没有自尊心。只要别人不给他下指令他就什么工作都干不成，总是按照兔田的吩咐行事。

“我刚才在看星星呢。看星星。”

“星星啊。”

二人所在的集团类似年轻创业者经营的风投公司，主要业务是绑架，所以不算什么正经公司，但和大多数正经公司一样，分工明确、各司其职。集团中有精明能干、冷酷无情的老大和少数高层，还有各个工作现场的负责人。兔田他们是负责进货的，将指定的人掳走，就是他们的工作。兔田和猪田搭档已久，但对彼此的出身和私生活几乎一无所知。对猪田而言，兔田年纪轻轻却是个严厉可怕的上司。他怎么都想不到，兔田会在家里对新婚妻子“的哟”个不停。

“对了，今天的‘仓库’是几号来着？”

“你倒是记牢点啊，蠢货。二号！”

“对不住啦。”

“真是的！”

听到后面传来一阵响动，猪田微微回过头。“后面没事吧？是不是没捆好？”

“只是在滚动吧？刚才停车时，也一直咕噜咕噜地响。”

把那个女人塞进车里，是三十分钟前的事情。在西麻布的背街小巷，她吃完饭走出来时，兔田便追上去搭讪。和预想的一样，那个女人没理他。这时，绕到前面的猪田趁机用袋子罩住了女人的脑袋，兔田立刻凑过去警告。

两年前，他不得不第一次做这份工作时，光是准确无误地背出那些规定要说的话，就已经竭尽全力。那时，他声音发颤，结结巴巴着才勉强把词念完，现在就从容多了。“规定一，人质不许说话；规定二，人质不许使用手机；规定三，人质不许给周围的人添麻烦。”这些听上去就像电影开始前的注意事项。对，就当作在表演一场模仿秀，他怀着愉快的心情说道。

这种像播音员般明亮的声音意外有效，人质听了往往能恢复平静。比起面色可怖地灌输说教，慢条斯理、晓以大义或许更好。那个女人也立刻安分了许多。她难免会挣扎，但在猪田扛着她到面包车的后备厢，将她装进编织袋的过程中，她并没怎么反抗，直到袋子的拉链拉上才开始陷入恐慌。兔田便向她耐心说明：“这是透气的。规定四，我们决不会加害于你。别小看我们，我们可是专业的。”女人随即平静下来。

车子摇摇晃晃地开上小路，突然传来犬吠声，可能是辗到了空易拉罐。

“前一阵我看电视上说，有一种玩意儿叫 Tibetan Mastiff。”

“那是什么病的名字吗？”

“是藏獒，西藏的一种大型犬。听说有钱人都流行养这种狗，一只要好几亿日元呢。厉害吧？一只狗就值好几亿！”

“好几亿？谁会买啊？”

“与其说是爱狗，不如说是爱钱。”

“咱们公司也赶紧走这个方向得了，养狗总比抢人好吧？”

“那不一样吧。”

“狗和人是不一样。”

“不，我是说，流行的东西总会过时。这也算泡沫经济的一种吧。藏獒如果不再受欢迎，价格便会下跌，也就卖不出去了。处理这些狗，会很头疼的。”

兔田的脑海中浮现出这样的场景：仓库中堆积如山的藏獒像一层层坐垫般平瘫在地。“确实，从这个角度讲，还是做咱们这生意有远见。”

“哪个角度？”

“要不要养狗全看心情和行情，但不管什么时候，家人都非常重要。和流行与否、价格行情无关，家人永远无价，人的生命没法用金钱换算。人和狗不一样，人很稳定。如此珍贵、不能用金钱换算的人，我们却一手拿钱一手交货，难道不是很有良心吗？”

“也是，你可真会说话。”

一般人都会认为绑架有风险，作为一门生意并不划算。不，应该说没人认为绑架也能算一门生意，但它确实很不划算。正因如此，兔田他们所在的集团为了降低风险，颇费了一番心思。无论哪个行业，成功者都是面对困难时能想出对策又充满创意的人，兔田他们集团能诸事顺遂或许也是理所当然的。

如何降低风险呢？

举例来说，赎金金额应控制在对方能承受的范围内，不为难对方，也不局限于金钱交易。如果收赎金是最危险的环节，不收钱也可以。或许这算不上什么逆向思维，但总之，他们的做法是：必须从对方那里得到些什么，才能归还人质。只要最终有收益，绕点路也无妨，大可不必执着于金钱。“危险，但马上就能得手”和“安全，但很久才能见效”，当然选择后者！这就是他们的风格。

作为人质的交换条件，他们会提出这些要求：购买大量股票。通过法案。违反法律。遵守法律。不做手术。做手术。引发事故。偷东西。捧红艺术家。让艺术家的名誉扫地。

“警察中也有集团的内线。”兔田曾经听到过这样的话。听说有在职警察给集团提供情报，或许是因为有人质在集团手上，又或许是因为欠了集团的钱。

“连警察都靠不住，真不知道该信什么了。这对我们犯罪者来说，倒是好事一桩。”

绑架对象没有小孩，都是大人。这并不是因为“孩子是天使”，而是因为大人比较容易乖乖听话，只要告知利害就能被说服。向大人清晰地说明情况后，即使把他们关到狭小的房间里，他们也不会闹事。

兔田驾车前行，车前灯照亮了车道的中央线，夜晚的车道向着更黑暗的地方延伸。

“对了，会计的事你听说了吗？”

“聊完狗，接着就聊会计？”猪田总是想到什么说什么。“不是跑了吗？反正肯定会被抓住的。”

听说管理集团资金的女人失踪了。

“好像已经被抓住了。”

“哦，是吗？然后呢？”兔田嘴上这么问，但不用听猪田回答，他也能大致猜到后续。这可不是一句“下次注意”就能解决的事。“到底为什么跑呢？她在这里工作很多年了，比我们资历都老。难道是积怨已久？”

他本想说：难道是性骚扰？集团老大——他的来历会在后面登场时详细介绍——和其他高层都是很理性的人，比起感情和欲望更重视规矩，因此很难想象他们会利用自己的地位难为那个会计。

“不就是为了个男人嘛。”猪田说。

“为了个男人？”

“那女人被男人的花言巧语骗了，挪用了集团的钱。哎呀，就是那个家伙。折尾，咨询师折尾折尾。”

“真的假的？”兔田眼前浮现出和他仅有过数面之缘的折尾的样子：圆脸，戴眼镜，头顶略秃，微胖。他姓“折尾”，名“丰”，但集团里大多数人都不知道他的全名。不知是要效仿那位伟大的漫画家，还是以回文为乐，大家都叫他“折尾折尾”。[①]

① 伟大的漫画家或指藤子·F·不二雄。日语中，“藤子不二雄”（ふじこふじお）与“折尾折尾”（おりおおりお）注音的结构相似。

“咨询师是干什么的？”猪田像是在问远方。

“谁知道呢？”

“像折尾折尾这种满脸堆笑、油嘴滑舌的家伙，我就是信不过。”说着，猪田操作起智能手机，动作流畅得完全不像他这个年纪的人。兔田看不见手机屏幕，其实，猪田正在搜索框里输入“咨询师”这个词。

“可以说以上都是正确的，咨询师擅长这样总结。”猪田念道。

“你说什么？”

“这上面写的，‘可以说以上都是正确的，咨询师擅长这样总结’。可以说都是正确的，这说法也太含糊了吧？”

“你这么说，那些正经的咨询师会生气的。”

“也是，应该还有不少好的咨询师。”

“他们总比那些毫无根据就下结论的占卜师强吧。”

“谁知道呢？”猪田提出质疑，“也有人认为还是直接下结论更果断，含糊其词既不负责又很狡猾。对了，那家伙不就净说些占卜似的话吗？任何东西都能扯到那个，什么星座来着？”

“猎户座。”

“对对，猎户座。他就爱说那个，肯定是因为他姓折尾。”①

“说起猎户座就想到我折尾，说起我折尾就想到猎户座。”兔田想起折尾一边在纸上描点，一边扬扬得意地说着“事物的重要之处都能用猎户座的形状来表示”时的样子。

---

① 日语中，“折尾”与“猎户座”发音相似。

“比如，”折尾指着中间并排的三个点说，“这揭示了贵公司的三大重要理念。”在兔田他们看来，这家伙说什么“贵公司”，根本就是在耍他们，但他们还是记下了折尾说的“将今后的两个目标写在上面，将过去的两个教训写在下面”。他们临摹着沙漏形状的猎户座星图，只听折尾说道：“这张图非常重要。”

“不就是刻意画成猎户座的形状吗？什么都往猎户座上扯。”

“没错。”前面提到绵子讲的猎户座和天蝎座的故事，也是因为兔田在家里说“有个叫折尾的男人动不动就提猎户座”，绵子才讲起来，现在兔田已经把这件事忘得一干二净。

“星座不就是把几个点随便连起来编故事嘛。硬把几个点连在一起，就说这样看起来像蝎子，太牵强了，完全看不出来啊。”

“别说这种不解风情的话嘛。”不等兔田回过神来，绵子说过的话便脱口而出。

“哎？”

“对了，那个折尾怎么办到的？居然把会计给骗了。”

“说些‘你就是我的女神阿尔忒弥斯’这种甜言蜜语呗。”

“那是谁？”

“奥利温的恋人。”

“你怎么知道的？我说，你都这把年纪了，别把女神什么的挂在嘴边了，好恶心。”

“这和年龄没关系。”猪田有些不高兴，“阿尔忒弥斯的故事我也是从折尾折尾那里听来的。那个冒牌咨询师一提到猎户座，不管对方是谁都会说个不停，真把自己当成猎户座界第一人了。”

“哪有什么猎户座界啊？还有，阿尔忒弥斯是谁？”

阿尔忒弥斯的哥哥阿波罗不想让阿尔忒弥斯和奥利温结婚，便策划了一场可怕的阴谋。

“你能用弓箭射中海中的那块岩石吗？”阿波罗煽动妹妹。“当然。”阿尔忒弥斯拉弓射箭，但等待她的却是令人惊愕的结果——她射中的并非岩石，而是奥利温的脑袋。

骗人的一方固然可怕，被骗的一方也够离谱的。希腊神话还真是恐怖。

“怎么会把爱人的后脑勺看成岩石呢？”听了猪田的话，兔田皱起眉头。

“那家伙干的不也是这么回事吗？为了让别人把脑袋当成石头，吹得天花乱坠，最后胸脯一挺、自信满满地说一句‘可以说以上都是正确的’。”

“这么说，会计已经被抓住了？”

“嗯，不过这事还没完。”

“怎么？”人抓住了不就行了吗？

“听说会计把咱们集团的钱转到其他账户上了。”

“转走了？”

“资金基本都转光了，现在也不知道转去了哪里。这应该是折尾折尾唆使的吧。”

“真行啊。”

“而且真相大白的时候，会计可能已经——”

“开不了口了，是吧？”

“资金转移应该会留下线索吧，大家都在拼命找呢。”

“折尾折尾应该知道点什么。”

“所以现在好像在追捕他。”

“哦。”兔田脑海中浮现出天蝎座一出现，猎户座就拼命逃跑的画面。

“说起来可笑，但也不见得和咱们无关。”猪田嘴上这么说，神色却一派轻松。

“的确没关系。咱们是管进货的，公司经营或财务方面的事，都和咱们没关系。跑腿的就是跑腿的，那些是那些家伙的事。再说了，被那个靠不住的咨询师骗了的，本来就是上头的那些家伙。”

“我听说最近得给合作的客户汇钱，可照现在的情形……”

“没钱了吗？把情况说清楚，对方会谅解吧？就说那个会计把钱藏起来了。”

“要是对方肯听我们说明苦衷就好了，可惜……”

“所以只能全力以赴，要么找到藏钱的地方，要么找到折尾折尾。”

“真的不关咱们的事吧？”

“总会有办法的，又不是什么大事。”

透过挡风玻璃望去，夜色中的街景仿佛被车前灯的亮光凿开了一个洞，车子向着洞穴深处开去。

通往林中的路越来越窄，前方出现一栋老旧的公寓。朦胧的灯光照亮了他们今天工作的目的地。绵子会不会还没睡，在等着我回去呢？兔田满心雀跃地踩下油门。

到达公寓后，将进货的人质交给其他负责人，今天的工作便结束了，他们就此解散。

在等待下一次进货指示的时候，兔田一直悠闲度日。

早上去保龄球场打打保龄球，和经常碰面的同好聊天，或者去看一场电影，要不就在家里上网买卖二手衣服——兔田的生活很是自在。

绵子下班回家后，两个人会用孩子般的语气卿卿我我一番，你挠挠我、我挠挠你，然后顺势抱在一起。

我真是个幸福的人啊——兔田孝则应该会如此感慨。真希望这样的日子一直继续下去，肯定会的。不管什么世事无常、盛者必衰，我和绵子的幸福生活会一直继续下去。对不起啦，祇园精舍，真抱歉哦，娑罗双树——兔田想这样俏皮地说，但事实上，他读过《平家物语》的可能性很低，所以他不会说这样的话。[1]总之，他每天都过着快乐的生活。

---

① 日本古代文学作品《平家物语》的开头是：祇园精舍钟声响，诉说世事本无常；娑罗双树花失色，盛者转衰如沧桑。

加入绑架集团已经两年了，兔田深切地感到，自己真是找了个好工作。

然而，好景不长，犹如春夜里的一场梦，他的快乐生活一去不复返。

那天，绵子直到深夜还没回家。结婚后自不必说，两个人谈恋爱时也从没有过这种情况。手机那端一直传来“您拨打的电话已关机”的提示语音。这可怎么办？兔田慌了。在他苦恼要不要报警时，时间一点点流逝。

脑海中渐次浮现可怕的场景，他在家越发坐立不安。

快到零点时，他的手机响了。接通电话的瞬间，他已经预料到发生了什么。

这两年来，他朝天空吐的唾沫化作巨大的一摊口水，砸回了自己头上。

“你老婆被我们绑架了。”

看着自己的身影映在漆黑的电视屏幕上，兔田陷入茫然。

没有人将那起发生在仙台的绑架案称为“白兔事件”，然而那的确足以成为“事件”。开幕表演是一名持枪男子闯入某幢独栋住宅。当时天色已黑，一天即将落幕。要问那家的长子勇介有何感想，他一定会感叹：“老妈真强悍！”因为母亲比二十多岁的他身体瘦弱，却拼尽了全力保护他。

尽管被头戴棒球帽的黑衣男子用手枪指着，母亲还是用自己的身体作为盾牌，挡在勇介前面，高声喊道：“干什么！干什么！你怎么能随便进别人家？出去！不要伤害他，不要伤害勇介！”也许她已经昏了头，完全没弄清楚状况，但她不顾安危保护孩子的身姿，着实令人感动。这个场景确实是白兔事件中为数不多的泪点之一，虽然此时事件才刚刚开始。

“够了，安静点！”黑衣男子威胁道。够了，坐下！够了，别说话！够了，老实点！——男子接连发出的不是子弹，他也不会真的开枪，但他用一连串以“够了”开头的命令威吓着母子俩。

勇介的母亲仿佛什么都没听见，她继续喊着：“为什么啊？为什么？”

你为什么闯进来？为什么做这种事？

勇介的心情也是如此。

我们明明已经为了不给别人添麻烦而规规矩矩地活着，明明已经为了不引人注目而只行走在阴影中，却仍旧处处倒霉、事事受挫。为什么会这样？我们到底做错了什么？

“妈，别添乱了。冷静点。”勇介开口了。其实他也一头雾水，完全不知道接下来会怎样发展。

就在刚才，这名男子摁响了门铃。勇介和母亲不约而同地没有理睬，以为只要装作不在家，来访者就会自行离去。不巧的是他们忘了锁门，来访者擅自打开了门。

男子是悄无声息地进入家中的。他蹑手蹑脚地走着，似乎并不打算把事情闹大，偏偏勇介的母亲从二楼下来，和他撞了个正着。随着勇介母亲的一声尖叫，事情不可避免地闹大了。

“家里除了你们还有谁？”男子掏出手枪逼问，“有没有其他人？你父亲呢？”

勇介摇了摇头，看来这不是一起有预谋的犯罪，对方并不了解自己的家庭情况。

“现在家里只有我们！”母亲有些激动地说。

“父亲去上班了？”

勇介一时语塞。他在想，真的可以称那个人为“父亲”吗？

说到这里，诸位已经开始想象勇介的父亲是一个怎样的人了吧？在外人看来，他是个彬彬有礼的上班族、诚实体贴的好爸爸，但他在家里则完全是另一副嘴脸，动不动就对妻子和儿子恶语相向、拳打脚踢。勇介一向将父亲视作“雄性荷尔蒙集合体”：充满攻击性、敏感好胜、独断专行，而且理所当然的，他在外面有女人。

勇介不想认那种人当父亲。

在勇介胡思乱想的时候，男子从包里拿出胶带。他先捆住了勇介的手，接着又捆住了母亲的。母子俩并非束手就擒。尤其是母亲，看见儿子被绑，她仿佛一头野兽，猛地蹿了出来，向男子飞扑而去。

让她安静下来的，是对准勇介的枪口。男子显然非常擅于威胁别人，他知道如果想让一位母亲乖乖听话，伤害她的孩子比伤害她本人更为奏效。

男子剥夺了母子俩的自由，并命令他们在客厅靠墙坐下。

“我去房间里看看。”男子说完，用胶带绑住了母子俩的腿。

母亲立刻喊道：“等等，你不能在别人家乱翻！我说了家里没有其他人！”她的声音更大了，“请相信我，家里只有我和勇介！”

遗憾的是，男子并不会轻易相信她。他不是凭直觉，而是凭借 GPS 提供的定位信息才这样想的。他的情报源自然可信，但他并不打算向母子俩挑明。

“现在，这个家里除了我们没有别人！”

“那我搜一下怎么了？”男子恼怒起来，“我可不想被不知道藏在哪里的父亲反击。”

勇介顿时打了个哆嗦。

确认勇介他们的手脚都固定好之后，男子掏出手机问道：“你们认识这个人吗？”手机屏幕上显示的是一个男人的照片，应该是从远处拉近拍的。照片中的男人斜对着镜头，完全没有注意到有人偷拍自己。

“这人怎么了？”勇介问。

“他在这里吧？”

“在这里？”母亲双目圆睁，看了勇介一眼后问道，“为什么？”不知她是想问“他为什么会在我们家”，还是想问“你为什么会这么想”。

“你为什么这么肯定这个男的在我们家？”勇介没想到自己的声音这么大。

这时，天花板传来一阵声响。那声音不像是什么物体发出的，听上去倒像是有人慌忙停下了脚步。很明显，楼上有人。

母子俩条件反射般望向天花板。男子迅速冲向楼上。

勇介和母亲对视了一眼——

必须抓住这个机会，挣脱束缚！二人随即曲膝，用屁股蹭着地面挪动到对方身后，互相撕咬对方手腕上的胶带。他们又尝试过各种方法，可都没能成功。

没时间了！眼看男子就要回来，母子俩赶紧远远分开，装出一副老老实实的样子，好像有什么不雅之事被撞破一般。

“喂！你跟我过来！”男子边下楼边说，“父亲果然藏起来了。你们就给我装吧！”

这时，持枪男子脑海中浮现出以前看过的几部电影。电影中，身手矫健的主人公单枪匹马潜入被坏人占领的大厦或邮轮里，提防着敌人的同时执行反击计划。难道这位父亲也想玩这一套？刚才可真险！

“想偷袭我？真是对不住了。”男子回到客厅，“好了，作战失败了，向你的家人道歉吧。”

“勇介，孩子他妈，对不起。我本来还想再藏一会儿的，可是被枪指着，我实在没辙。”

“父亲真是了不起啊。为了家人，挺拼的嘛。”

“别开枪，求你了。别伤害我的家人。”

“喂，这下真的没别人了吧？”

勇介和母亲点了点头。

“会没事的。我也很害怕，但我们肯定会没事的。越是这种时候，越要一家人共渡难关。”

这和平时在家里作威作福、发号施令的父亲完全不一样啊，勇介不禁感到困惑。

这时，勇介他们的嘴上也被贴上了胶带，将脸的下半部分封了个严严实实。

就这样，白兔事件继续向前推进。

绑架案中，和警察打交道是必不可少的一环。我也想尽快介绍赶往案发现场的警察和特别搜查队队员，但为了诸位能更好地了解本次事件的脉络，我们先把时间稍稍回溯。

在仙台市区的另一边——仙台站东口的快餐店中，三个男人正聚在一起。

“总之——”

“黑泽，别总结了。”

“什么别总结？”

“你就爱总结。我辛辛苦苦讲了半天事情的来龙去脉，你一句话就给总结了。一句话根本说不清楚我的意思。”中村说，“你说是吧，今村？”

“这样也有好处吧？”

如果中村反问有什么好处，那可不好回答，今村暗想。刚才他没细想，只是从随声附和的语料库中迅速找了句话应付一下而已，还好中村并没有深究。

“嗯，总之，你想说的是——”

“黑泽！”

“知道了，我不说‘总之’了。简单来说，就是咱们要趁某骗子出国时，去他家把活儿干了。说明这件事，加上介绍住宅，连三分钟都用不了，可你进这家店以后已经说了多久了？得有十五分钟了！”

三十分钟前，中村和今村来到仙台站东口的钓鱼池，对正在钓鲤鱼的黑泽说有事要谈。只见黑泽用力甩出钓竿，鱼线唰的一下甩向天花板。紧接着，他说道：“钓完鱼我就过去，你们先到旁边的店等我一下。”

于是中村和今村按照黑泽的指示，在旁边的快餐店等了十五分钟。

三人一碰面，黑泽便叹了口气，说：“你俩的关系真够铁的。”

以闯空门为生的中村和年轻的今村总是一起行动。今村称中村为“老爷子”，但两个人既不像师徒，也不像父子。要说能否互补，两个人的确都有过于天真乐观这一缺点，但这不仅不能互补，漏洞还越撑越大。

“黑泽，你听我说，那个骗子不是什么好东西。他专骗老年人手上少得可怜的存款，再拿去自己投资。”

“如果是那些老年人财迷心窍，自作自受呢？”

“当然有贪财的老头上当，但也不该看他们孤独不安就乘虚而入，打人家钱的主意吧。”

“我看你不是同情被骗的老年人，只是对骗子感到不满。”

“没错！这种家伙陷害弱者，还扬扬自得地说：‘看，我干得不错吧。’我最讨厌这种人。”

“我也是。”今村说，“这算什么啊！”

“你指的是什么？”黑泽面无表情地问。

“那种骗子，难道不让人生气吗？我是没有被骗，如果我老妈被骗我也算能感同身受，但她也没被骗。这些不就和我没关系嘛。但只要听到有孩子受到霸凌，我都会不由得气不打一处来。这一切本来和我没关系，可我就是不能原谅。这是什么道理呢？”

“人类是群居动物，”黑泽说，“对于遵守规则这件事特别敏感。规则会剥夺个人的自由，由规则确立的秩序却能保护群体的稳定。即使人们想破坏规则，也一直被谆谆教导‘不要破坏规则’。”

“被谁谆谆教导？”

“告知候鸟季节变迁的那位吧。”黑泽本想说“本能”，但觉得个词太夸张了，便换了一种说法。

“所以是谁啊？”

“总之，”黑泽瞥了一眼中村，“我们不允许有人破坏规则。别人都能辛苦地忍受规则，怎么就你不能？就是这样，秩序才被破坏了。不管是对方造成的影响很小，还是违反了一些微不足道的规则，我们都会很生气。对方如果不乖乖认错，我们也绝不会原谅他，因为这可能会让群体陷入危机。所以，无论受害者是不是自己，我们都会觉得不舒服。”

“这话是告知候鸟季节变迁的那位说的吗？”

“对，是他定的。”

“啊，对了，前不久我终于读完了。”今村说。

“什么？”

“《悲惨世界》啊。以前老爷子推荐给我的。”

“我只看过电影，那故事太长了。”

“没错。”今村斩钉截铁地说，几乎要挥舞起拳头，“好几卷呢，足足花了我五年时间。”

“这么久？”中村瞪圆了眼睛。

“可不是。故事中间不是穿插一段历史，就是一段旁白，绕来绕去的。不过，这样也挺有意思。”

“对不住了，推荐你看这个。”

“没关系，很有意思。”

“那故事确实有意思。”

“黑泽先生，您也看过吗？”

“嗯，因为也是讲小偷的嘛。”

“小偷？啊，冉先生确实偷过面包。”今村理所当然地把冉阿让称作“冉先生”。“不是有个冉先生的死对头吗？”

“沙威警官。”

“对对，沙威先生。那家伙惹人厌，但不是坏人，只是遵照法律逮捕罪犯而已。”

“发现自己犯错时，还会好好道歉。”

“黑泽先生，您犯错时也这样吗？”

“谁犯错时都一样。”

“那部小说有好多地方都很奇怪。作者动不动就说‘这是作者的特权，让我们回到之前的话题’，要不就是‘为了很后面才出现的剧情，我先做个预告’，真爱出风头。”

黑泽刚说了一句“这是老手法了”，又想起《悲惨世界》本身就是一部年代久远的小说，没必要特意再说这个，就把话打住了。

“最让我吃惊的是，小说最后不是有人演讲吗？演讲里说十九世纪是伟大的，二十世纪将是幸福的，不再会有曾经的征服、侵略、饥饿与掠夺。可现在不还是什么都有？真是令人沮丧。”

“人是不会变的，不过是在重复做相同的事情罢了。”

“就是这样。”

“黑泽，回到之前的话题，我来来回回说了这么多，就是想让你知道那个骗子有多坏。要是不说清楚，你潜入他家偷东西都没干劲。背景说明可是相当重要的。”

“我的干劲不会因为这些而改变，什么时候都一样。我去那家伙那里——”

“把保险柜里的东西拿出来就行。”

“家里面有什么？”

“有保险柜。”

“保险柜里有什么？”

“应该是什么好东西吧。”

“应该？”

“有名单，这个肯定有。被骗的受害者名单就在保险柜里。”

“能卖钱吗？”

“不能。”

“那我可以回去钓鱼了吗？”

“黑泽先生，事情是这样的：有个老奶奶被骗了，她一想到自己的名字还留在名单上，骗子可以以此威胁，就担心得睡不着觉。老奶奶太可怜了，所以我们要帮她夺回名单。”今村插嘴道。

“那个骗子是去长期旅行了吗？”

“绝对长期，差不多相当于宇宙旅行吧。”

“你是说他死了？”黑泽敏锐地反应过来。

“和某处的某人有些争执。”

“某处的某人？”

“即便是能轻易杀死食草动物的食肉动物，也会为了争夺地盘大打出手。无论哪个行业，都少不了羡慕嫉妒恨。”

“你说这次是食肉动物被食肉动物杀死了？”

“没错，被他的某个同行收拾了。尸体还没发现，但他肯定已经死了。”

那个骗子被同行杀了。到底是谁？怎么下的手？也许会有人对此好奇，但在这个故事中，详细过程并不重要。适当说明一下也可以，但我还是决定略去不表。总之，骗子的确死了，但此事还没有暴露，现在正是潜入他家的好机会。诸位只要记住这些就好。

“骗子消失了，但房子还原封不动地在那里，潜进去很轻松。”

“如果说骗子死了，那老奶奶也不用担心了。我们没有必要去拿那份名单。”

“我说黑泽，你能对老奶奶说出‘那家伙已经死了，您就放心吧’这种话？和老年人说什么死啊，我可开不了口。”

“用宇宙旅行打个比方不就行了？”

“最简单的办法，就是把名单拿给老奶奶，对她说：‘您看，名单在这里呢。来，把它烧了。这下您可以放心了。’对吧？再说了，那家伙的保险柜里绝对还有其它值钱的东西。”

“绝对不要说‘绝对’这种话。”

“所以，我们希望你能去骗子家打开保险柜。”中村随即伸出右手，比出一个暂停的手势，“黑泽，我知道你想说什么。你想问为什么非得你去，对吧？”

“为什么非得我去？”

“理由有两个。第一，我不擅长开保险柜，那种精细活儿我干不了。”

“换个行当对你比较好，真的。”

“第二，希望你能教教这小子你是怎么工作的。不，也不用教，让他看看就行。”中村将目光转向今村。

“这是我的福气，不胜感激。”今村立刻应道。

“我还没说同意呢。”

“这是我的福气，不胜感激。”

几天后，潜入骗子家的时机终于到来，黑泽对今村说的第一句话却是：“委托人竟然迟到，这算怎么回事？”当时，他们正在要潜入的那栋住宅门前。

“我到早了，”今村面无愧色地说，“但弄错房子了。”

黑泽只想叹气：绝对不能把目标住宅弄错啊！难道我要从这里开始教你吗？

黑泽摁下门铃。他并不是怀疑“屋中无人”这个信息，但万一里面有人麻烦就大了。黑泽的习惯是，无论何时都要确认房子里无人应答。

大门一侧的垂梅盛开着朵朵白花，花瓣和雌蕊含羞低垂，仿佛是为了对黑泽他们闯入这里视而不见：趁我们没看见，快点动手吧。

暮色将至，街上亮起了路灯。

黑泽身穿天然气公司员工的制服，跟在他身后的今村也是同样打扮。穿着一眼能辨认出职业的制服，明目张胆地行动，既不会引起怀疑，也不会吓到别人。也许有人会怀疑：大晚上的，还有天然气公司的员工上门吗？但总之，制服令人感到安心，只要说服自己相信晚上天然气会突然出现故障，需要有人检修就好。

“我家老爷子可能是受黑泽先生的影响，存了不少制服呢。有消防服啊加油站的工作服啊，还有头盔。”

“可别给我买什么高中女生的校服。”

“老爷子怎么会干那种事？”

“是老爷子还是金龟子？”[①]

“什么金龟子啊，是老爷子。”

黑泽在门前蹲下，看着锁眼。有好一阵子，他似乎是在借由大门和屋里的人对话，而其实他只是在观察锁眼的形状。随后，只见他拿出工具，插进了锁眼。

黑泽身后的今村赶紧凑上前去。中村曾吩咐过他：“听好了，你要好好偷学黑泽的技术。技术可不是靠别人教的，得靠偷！”因此他死死盯着黑泽的动作。

黑泽很快站了起来。

“安可！”

“什么？”

---

① 日语中，“老爷子”和“金龟子”发音相似。

“我刚才没看见，请再做一遍吧。”

黑泽没有理会，直接走进屋里，今村赶紧跟着溜了进去。“黑泽先生，请您再演示一遍。”

“别在意这个。”说着，黑泽脱下鞋子。鞋是用薄橡胶做的，刚好套在脚上。黑泽把鞋对折，放进裤子后面的兜里。“这没什么难的。现在的工具很先进，把这个插进去，基本什么锁都能打开。”

“哦……”

“用什么方法都行。别钻牛角尖，只要尽量不伤害户主，尽快把活儿干完就行。”

“按您这么说，这家就很轻松了。”

“轻松？”

“户主已经不在这个世界上了嘛。”

黑泽并未在意楼梯，直接来到一楼的客厅。他不知什么时候拿起了手电筒，正照向室内。

“开灯就麻烦了，是吧？”

“嗯，附近的人会纳闷，这里一向黑着灯，今天怎么亮起来了。”

客厅非常气派，像是把家具店里的展示品全都搬到了这里，有大电视、桌子，还有豪华的餐具柜。房间里没有人居住的气息，也因此更像家具店里的样板间。

黑泽默默地在屋子里四处走动。他打开房门仔细看了看，在柜子前只瞥了一眼就走了过去。

“怎样才能找到保险柜呢？”

“靠直觉。”黑泽面无表情地说，“可能不在一楼，上楼吧。”

“您在找什么来着？”

“保险柜啊。”

“原来这里有保险柜？”

黑泽闻言停下脚步，转过头紧紧盯着今村。他想问：你是认真的吗？毫无疑问，今村是认真的。黑泽只得咽下这个问题。

黑泽摸索着走到二楼，用手电筒照亮走廊。“没想到这房子这么大。”

“据说几年前，有人住在这里，像是他的家人。”

“像是家人”和“家人”,不是差不多吗？“现在不住这里了？”

“有人说他逃走了，也有人说他在什么地方倒了大霉，还有人说他就是骗子的同伙。”

“说法真够多的。”

“黑泽先生，万事万物都不过是个说法。”

“什么意思？”

“老爷子以前是这么说的：总认为自己是对的，这种人不靠谱。‘明明听我的就不会错’，这样想的人会不择手段地证明这一点。对于‘我就是对的’这种说法，最好理解为这只是一种说法。有‘对方是对的’这种说法，也有‘对方是错的’这种说法。啊，当然，有‘这世上有很多种说法’这种说法，也有‘这世上哪有什么说法’这种说法。真是越说越复杂了。黑泽先生，您说，这是怎么回事呢？”

黑泽已经从今村身边离开，开始查看二楼的房间了。二楼比一楼还寒酸，有的房间连窗帘都没有。

保险柜在一间六叠[1]大小、铺着木地板的房间的柜子里。它像是因为来不及逃跑似的，一副抱着膝、大气也不敢出的样子。

黑泽在手电筒的照射下摸索起保险柜，随后打开腰包，掏出一个听诊器模样的东西。

“黑泽先生，您现在要展示开保险柜的绝技了吧？”

“没那么夸张。”

“您可不要有所保留哦。”

“这很简单。你只要慢慢地转动密码盘，就能听到暗锁开启的声音。”

“您不戴手套行吗？不会留下指纹吗？”

“你以前应该涂过这个吧。”黑泽冲今村竖起一根手指。他的手指上涂了一种混有黏着剂的专用涂料，不会留下指纹，这是在空房子中干活前必要的准备工作之一。

黑泽转动着密码盘。今村不知何时已凑到他眼前，眼睛一眨不眨地瞪着，脸也贴近了。

“呼吸声吵死人了。”黑泽嘟囔道。

“保险柜还能呼吸？”

黑泽没说话，继续操作着。这是常见的老式保险柜，开锁并

① 日本面积单位，1 叠约为 1.62 平方米。

不怎么费力，却仍花了将近十分钟。整个过程就像侦查员不屈不挠地劝降了在牢固的城堡里负隅顽抗的凶手。这个比喻或许还挺恰当。为什么这么说呢？因为在白兔事件之后的进展中，专门处理绑架案的特别搜查队即将登场，现在还是先谨慎一点。

今村对黑泽的技术赞不绝口，一副膜拜的样子。“安可！安可！”

黑泽对此自然是左耳进，右耳出。

保险柜里有存折、私章、一沓纸和一个U盘。存折上的开户人不止一个，一看就知道骗子曾用多个化名行骗。黑泽借着手电筒的光一一确认着，其中并没有现金。“这就是那份名单吗？U盘里可能也有数据。”

“这下老奶奶可以松一口气了。”

“这我就不知道了。其实只要你喜笑颜开地对她说‘这下可以安心了’，她可能就安心了吧。”

“即便没有名单？”

“你有这个说服力。”黑泽起身来到窗边，倒也并非特意去查看什么。他躲在窗户一侧，敏锐的目光望向蕾丝窗帘外。附近的住宅在路灯的照射下显得柔和又明亮，他凝神窥视着。“这么看外面是很安静，可其实不是这么回事。”

“各家各户的人都在做什么？”

“有在吃饭的，有父母和孩子吵架的，还有光着身子紧紧相拥的。”

“也有睡着的吧？”

“是啊。”今村眺望着夜空，天色就像被墨汁染黑了一般。不一会儿，他喊道：“啊，是猎户座！”

黑泽奇怪地看向今村。“怎么了？”

“您看，那里不是能看到三颗并排的星星吗？”

“这我知道。我问的是，你为什么一副感慨颇深的样子。”

“因为今天我刚听说了猎户座的故事。”

“猎户座的故事。”

“嗯。”今村说，今天在仙台站内的咖啡馆里，有一个身材微胖、戴着眼镜的陌生男人和他搭话。

“陌生男人。”

“我闲着没事，就在纸上画三角形。”

“三角形。”

“黑泽先生，将听到的重点词大声念出来，您好像是专门做这种工作的人。”

“这也是我的副业之一。”

“啊，原来是这样。”今村信以为真，“总之呢，我旁边的那个男人误以为我在画星座，于是来和我搭话。”

“他还真是什么都不怕。”

“害怕的是我。他一直讲个不停，我还以为他要向我推销猎户座的海报呢。”

“那家伙到底怎么回事？”

“就是搭话而已。拜他所赐，我已经把猎户座了解清楚了。”

“比如？”

“三颗星星的左上方，不是有一颗很亮的星星吗？”

“参宿四吗？”黑泽说，“相当于巨人的腋下吧。”

“您怎么知道？”今村有些失落，“那颗参宿四距离地球六百四十光年，直径有十四亿公里，足足是太阳的一千倍。”

“看不出来。”

“我也看不出，不过，那个男人说，参宿四随时可能爆炸。”

“好像是。”

“哎？您知道？”

“以前在电视上看过。现在我们看见的，”黑泽指着天空中的猎户座，“是六百四十年前发的光，就像昔日的残影，说不定它早已经爆炸了。”

“说得也是。”

如果模仿《悲惨世界》，此处可以这么写：相信诸位已经看出，今村所说的向他搭话的男人就是折尾折尾了吧！

那个男人正是绑架集团的咨询师、因唆使女会计贪污公款而遭到追捕的折尾，即大家口中的折尾折尾。他和今村相遇纯属偶然。不过，折尾为什么会向素不相识的今村搭话呢？这是因为在他身旁画图的今村实在神色可疑。难道是追兵？出于这种怀疑，折尾想探明今村的身份。

“黑泽先生，参宿四如果爆炸了，那可不得了。”

“什么不得了？”

“它爆炸时的亮度会让地球像有两个太阳时一样亮，就这样持续三个月还是三十天。”

“太阳挺多的啊。”

“不，只有两个，但亮度可是满月的一百倍呢，这还不厉害？而且参宿四很可能已经爆炸了。如果是距现在六百年前爆炸的，那四十年后我们就能在地球上看见；如果是六百四十年前爆炸的，那明年我们差不多就能看见了。”

“这些都是那个陌生男人和你说的？”

“聊得可带劲了。”

“真有意思。”

“可不是嘛。”

“对于已经发生的事，如果不经过一段时间，就很难察觉呢。”

“呃……”黑泽感兴趣的点和自己想的根本不是一回事，这令今村颇为困惑。实际上，黑泽的话无意中暗示了本故事的走向。“对了，黑泽先生，那张纸应该放在哪里？”

“哪张纸？”

“就是要留在空房子里的纸啊，安慰住户用的。”

“那个啊。”

除了金钱损失外，房屋遭窃的住户还会陷入种种不安——为什么小偷会盯上我家？是我家招人恨，还是从安全的角度看，我家有防盗漏洞？以后家里没人时还会进贼吗？除了现金以外，存折、印章、甚至信用卡会不会都被偷了？

可以说，和被偷走的东西相比，随之而来的恐惧、不安更令受害者感到苦恼。

所以，黑泽在进空房子时，会留下一份但书。上面除了写明从家里哪个地方偷走了多少东西，还会注明“并非出于报仇”“您没有过错”“不会再对您家下手”等内容。

“这个算是对犯罪行为的自省，还是为对方着想？”

“真为对方着想的话，就不会进来了。”

“冉先生也犯过罪，可他还算是个正面人物。”

为了饥饿的外甥和外甥女而偷面包的冉阿让与闯空门的我们根本没法相提并论吧，黑泽想。

今村是个乐天派。“应该把纸放在哪里呢？”说着，他朝兜里摸去。

“今天不用了。这里不是没人住吗？不会打扰到谁的。”

今村好像没听见，只见他摸着衣服喃喃自语着“奇怪”。他那一脸认真的样子令黑泽感到一丝不安。

“怎么了？”

“啊，对了。”

“喂，到底怎么了？”

“啊，没、没事。”

黑泽觉得怎么看也不像没事的样子。在他的追问下，今村耸了耸肩说道：“我请中村老爷子给了我一张复印件。哦，就是黑泽先生的但书的复印件。我想既然要向您请教，这些肯定也应该准备。”

“神不知鬼不觉地就复印了。”

“只是现在找不到了。啊，对了，我想起来了。”

“我可一点都不知道你想起了什么。”

今村指了指窗外。“我刚才不是说，我把房子弄错了吗？我以为目标住宅是隔壁那栋。在您来之前，我想先预演一遍，于是看了看大门就打开了。”

“只是看了看就打开了？”

“准确地说，我还摸了摸。我当时想，门一拉就开，这仗赢得真是不费吹灰之力。随后便进去找保险柜，可怎么都没找到。我还感到奇怪呢。”

“因为根本不是那栋啊。”

“过了一会儿，我听到有人回来的声音，就慌忙逃走了。”

“你立大功了。”黑泽揶揄道。

“过奖，过奖。”

“但书的复印件呢？”

“好像留在那里了。对，我就记得从口袋里掉出来了。”

“那你怎么没记得捡起来呢？”

“我以为我捡起来了。”

黑泽重重地叹了口气。他靠近窗户，拉开窗帘向外望去。

“放心吧。就算那张纸留在那里，人家也只会以为是一张陌生的收据。别在意了。”

“这话要是从我嘴里说出来也就罢了，怎么你还能脸不红心不跳地说呢？”

“仙台街区一眼看遍，高地上的仙台街区！”

这是成为事件舞台的住宅区“North Town”当初开盘时，宣传单上醒目的宣传语。

不知道这句宣传语是不是为特意说明周边环境而写的，如果只是想以“高地”作为卖点，不是还有很多别的说法吗？首尾重复是为了制造回文的效果，还是无心而为？令人百思不得其解的地方实在太多。有人可能会想：让小学生来写也比这强啊。实际上，这句话就是一个小学男生想出来的。某大型房地产开发公司的大领导对自己小学五年级的儿子写出的这句话称赞有加，并决定：“就它了！”继而他手下的马屁精们对此又热烈吹捧了一番，其他人便也不好再反对。当然，他们也没想到这句话会成为正式的宣传语。大家都天真地以为，最终决定前一定会有人回过神来，所以并未积极阻拦。于是，就像一脚软弱无力的点球踢进了无人看守的球门一样，这句宣传语一直留到最后，堂而皇之地印到了广告上。

买房时，宣传语会对人们产生多大的影响确实不得而知。就算日本经济已经开始走下坡路，待售的不动产也总能被一抢而空。不知是把“看遍”认成“看扁”的人太多，还是售价太高，总之，能在这里买房的都是有钱人。这里也成了仙台首屈一指的高档住宅区。

接到 North Town 住宅区中某户人家的报警电话时，已经快到晚上九点了。

“是事故还是案件？”听到宫城县警察局接警员的问题，电话那头回答道：“是绑、绑、绑架案。”这个答案并不多见，接警员愣了一下。

电话是用手机打过来的。对方压低了嗓音，可以想象他正极力避免被周围的人发现。“绑匪是一个人，突然闯进了我家。”这是一个年轻男子的声音。他随后报出了地址。

接警员这才意识到这通电话并非恶作剧，而是真的事态紧急。他问道：“你是……”

男子说：“我叫佐藤勇介，是家中的长子。我和父母都被绑起来了，绑匪现在在二楼。”

“你用的是自己的手机吗？”

“不，是绑匪的，我正好能用。”

他和家人的手机应该都被收走了，接警员推测着，脑海中浮现出“绑架案”几个字。他一边把各种信息录入电脑，一边考虑通知 SIT 出警。

SIT 是隶属宫城县警察局的特别搜查队，如果发生绑架案，他们就会出动。

接警员想起了几年前的一起绑架案，也发生在仙台市区。那起案件让 SIT 的夏之目科长一举成名。夏之目是谁？或许有人并不清楚。请您少安毋躁，此人马上就会登场。

这时，电话那头传来一阵嘈杂的人声。

一阵沙沙的杂音之后，电话里又传来那个年轻男子惊慌失措的声音，估计是被绑匪发现了。

该不该“喂”一声呢？接警员很苦恼。如果贸然说话，暴露了自己警察的身份，人质就危险了，可也不能挂断电话。接警员只好一言不发，全神贯注地侧耳倾听。

又传来一阵响动和小声交谈的声音。是手机掉在地上了吗？接警员正想着，电话那头传来另一个人的声音：“喂！”

他无法应答。

“是警察吧？”

他真的无法应答。

“喂，你是警察吧！可恶！竟然敢报警！既然这样，那就没辙了。听着，让负责人回电话！就拨这个号码！”

从现在开始，白兔事件会由宫城县县警本部的特别搜查队 SIT 接手，接下来我将暂时以 SIT 队员的视角来叙述。搜查行动的核心人物是负责现场指挥的夏之目。为了诸位能更加了解这个人称“外热内冷”的警官，我还是不从他的视角，而是站在他身边人的立场来叙述吧。

夏之目科长和我不一样，他非常沉着。绑匪说让负责人回电话，我认为得赶紧回过去，询问绑匪的要求。而科长只说了一句话："没事，不用担心。"他看上去气定神闲，正冷静地向各负责人下达命令。

讨论结束后，队员们迅速解散了。

"春日部，这没准是个许久没碰上的大案子。"夏之目科长看着我，眯起眼睛，似乎在盼望这类案件发生。他的语气或许不够严肃，但也绝非轻松，就像棒球教练向大家喊"放松去打"，也不是希望大家真的掉以轻心。

"得赶紧给绑匪打电话吧？"

"春日部，你真是认真。"他看着我说。

"这不是因为我认真。"

“越认真的人越容易倒霉。用假账单诈骗不就是这样吗？看到陌生账单，认真的人会主动询问情况以求解除误会，结果却让不法分子知道了自己的电话号码。如果是不认真的人，就会当作没看见，反而少吃亏。”

“越认真的人越容易吃亏，我不否认这一点。”

“我会和绑匪联系的，别着急。从现阶段来看，绑匪不会破罐子破摔。和他们打交道，就像谈恋爱。一要懂进退，二要能忍耐，没有三和四，五强行突破。”

“科长，在恋爱中强行突破，不太好吧？”一旁的年轻队员大岛说。

我笑起来。夏之目科长仿佛有所设防似的，顿了一下才发出笑声。他并不怎么发自内心地笑，所以常常像这样慢半拍。

“大岛，没准是为了纪念你加入 SIT，才发生这起案件吧。”

“难不成要怪我吗？”

夏之目科长又笑了笑，向前走去。

我和大岛被安排与科长坐一辆车出发，便急忙追上去。大岛低声对我说：“科长怎么那么淡定啊？”

“科长其实也没那么淡定。”在仙台，绑架案相当罕见。

“可他和平时一样开朗，还有心情开玩笑呢。”

“装的。”

“就像棒球教练轻松地对大家喊‘放松去打’。”

“这个比方好。”原来大家想得都一样。

“我想问的是……呃，或许不该问……”

我已经大致猜出大岛想问什么。

“科长以前和现在是不是很不一样？春日部前辈，你和科长认识很多年了吧？”

“现在的科长，只是在模仿从前的他自己。”

“啊，”大岛稍稍提高了音量，接着肩膀一沉，沮丧地说，“也是。”

七年前，我就站在科长面前，清楚地目睹了“从前的科长”成为“现在的科长”的瞬间。当时，科长正情绪高涨地讲他喜爱的读卖巨人棒球队，还说二十岁的女儿嫌他太在意棒球的输赢。他嘴上叹着气，脸上却露出愉快的神情。这时，他的手机响了。他接起电话，脸色逐渐苍白，看来是有什么坏消息。我突然有种预感：难道他家人出事了？比如交通事故？我万万没有想到的是，他的妻子和女儿同时遇难了。

开车的是他女儿，他妻子坐在副驾驶座上。女儿刚拿到驾照，因此开车时非常小心，那天也不例外。造成事故的是一个闯红灯的老婆婆。世事往往毫无道理可讲，母女俩当场死亡，老婆婆头部受到撞击，但性命无恙。

“唉，真是太让人难受了。”从葬礼回来的路上，部长对我说，“这起事故是一场惨剧，却说不出到底谁是坏人。”

我同意部长的话。当然，就算谁是坏人显而易见，也一样令人难受。我们都陷入沉默，无心交谈，只想叹息。

“听说那个老婆婆被占卜师骗了。”

“你是说肇事司机？”那人说是老婆婆，年龄还未满七十，身子骨很硬朗。

“女占卜师觊觎她的财产，盯上了她。不管做什么都打着咨询的幌子收钱，用水晶球或占星术给她算命。”

“都是老生常谈了。”

“也可以说是传统技艺。”

“可她不遵守交通规则，总不能怪占卜吧？”

“不能说毫无关系。听说占卜师对她说过星星的排列啊生日啊如何如何的，还打开地图告诉她走这个方向好、走这条路好，只要交够钱，就能一辈子避免交通事故。老婆婆的钱都被骗光了，整天担心得睡不好觉，才造成那次事故。”

“难道不是那个占卜师的错吗？”当然，我这么说也不是想去逮捕她。

“感性地说是这样，但因果关系不成立。”

准确来说，是“法律上的因果关系”不成立。如果没有那个占卜师，老婆婆就不会身心俱疲，也不会发生事故。这些事彼此关联，但法律上却无法做出判决。

“我想起大学时上的法律课了。”

这不是民法中的损害赔偿吗？一个要去谈生意的人被驶过的汽车溅起的泥点弄脏了衣服，他急忙换了一身赶过去，但因为迟到，对方生气了，结果生意没谈成。请问，能否追究那名车主的责任？

答案是不能，因为因果关系不成立。汽车溅起泥点不是生意没谈成的直接原因。也许二者之间有联系，但就算衣服没脏或那个人没迟到，生意也不一定能谈成。

和学生时代相同，现在的我仍然坚持自己的观点。两件事之间不能说有百分之百的因果关系，但至少也是有关系。如果汽车没有溅起泥点，生意谈成的可能性不是会更大吗？我不认为应该用“你必须负责”来谴责车主,但希望车主至少能说一声“对不起”。

“占卜师怎么想？她肯定通过新闻了解到了吧？”

“周刊杂志的记者问过她了。”

“她怎么说？”

部长撇撇嘴，看透世事般叹了口气。“直说吧，她一脸厌烦，还问和她有什么关系。”

“夏之目科长知道吗？”

“怎么可能知道，谁会去和他说这些啊。”

“也是。”

夏之目科长的内心就是从那时起变得一片空白。为了继续活下去，他抛弃了一切感觉和情绪。心灵的画布被那场惨剧弄得不成样子，于是他把画布表面铲得干干净净，硬是只留下了全白的底色。从那以后，对于夏之目科长而言，所有的情绪都像是在白色的画布上以水作画。每时每刻他都在假装：假装快乐，假装悲伤，假装活着，假装从前的自己还在。

大厦的灯光、路灯、车尾灯、车前灯……各式各样的光映照着黑暗中的街道。置身于缓慢曲折前行的车流中，交错的光影映入我的眼帘，发散着，摇曳着。

可能是因为已经过了晚上九点，连接南北市区的县道没有堵车，车与车之间保持着适当的距离行驶。

坐在驾驶座上的大岛似乎想鸣警笛，但上面的命令是除非遇到严重的交通堵塞，否则尽量不要引起人们的注意。

目前得到的情报还很有限。绑匪的目的自不必说，他的精神状态、和人质的关系、持有的武器种类都不清楚。如果因为是突发案件就一路鸣着警笛到达现场，可能会刺激到绑匪。而一个受到刺激的绑匪会做出什么事，是无法预料的。

“先行小组应该已经到了吧？”

“大岛，你不会是在紧张吧？”看到驾驶座上大岛紧绷的侧脸，我问道。

“有一点。不过有科长在，我就放心了。”大岛说，“毕竟是曾负责‘汪汪大作战’的夏之目科长。”

他说的“汪汪大作战”是五年前宫城县警察局 SIT 处理的一起绑架案。

“你小子在开玩笑吧。”默默望着车窗外的夏之目科长收回视线，苦笑了一下。

“我哪敢啊。”这话听上去也像玩笑，但科长没有生气，只是干笑了几声。

“那次是真棘手。案子本身是，结案后更是。”

“结案后？”

“来自爱狗人士的抗议蜂拥而至。是吧，春日部？”

我耸耸肩表示认同。

“真的吗？”大岛说，“不过，多亏您的主意，森警官才得救。我当时还没加入 SIT，但在电视上看到了，还以为那个警察死定了呢。当时我就想，警方竟然眼睁睁地看着这一幕发生，好可怕。”

前夫回到母子俩的住处，劫持了二人数天，并在电视上直播。我们深切体会到实战的难度。无论进行多少次模拟演习，还是会出现意外，最大的失算之处便是老队员森警官中弹。

当时森警官不知道绑匪持枪，毫无防备地靠近了那栋房子，结果被突然击中，倒在门前，无法起身。

绑匪因猜疑和恐惧非常激动，根本不允许我们接近森警官施救。我们向他解释只是想救出队员，他却说：“你们是要假装救那个老家伙，然后闯进来吧？”绑匪完全不理会我们的要求，还宣称“要是警察敢过来，我就杀了人质”。

时间一点点过去，森警官已经不动弹了。我们无法判断他是死了还是活着。

唯一镇定自若的是负责指挥现场的夏之目科长。他拟定计划，想趁绑匪不注意时以隔壁的房子为掩护，从阴影处悄悄靠近森警官。我们最终决定执行这个计划，但有一个障碍，那就是邻居家养的狗，一条公的多伯曼犬。它以狗的直觉察觉到气氛不同寻常，比平时更卖力地发挥起看家狗的本领，一有人试图靠近就狂吠。

“它的主人在哪里？”

“好像不在家。”

房间里没开灯，摁响门铃也无人应答，看来是没在家。绑架案解决之后，我们才知道狗的主人是一位老爷爷，他当时睡得正香。

那条多伯曼犬一有风吹草动就狂吠不止，简直成了向绑匪高呼“警察来了”的报警器。我们后来才知道，这条狗的名字就叫“森萨”[1]。总之，当时它俨然成了我们面前的挡路石。

没有人能靠近，就无法救出森警官。我们认真讨论过能否扔绳子把狗套起来，但这个方法并不可行。首先，不确定能顺利地操控绳子；其次，绳子本身可能引起狗的过激反应。有人提议干脆朝狗扔一大块肉，堵住它的嘴，或者在肉里混入安眠药。我们尝试了这个方法，可是那条狗聪明得很，碰也不碰扔过去的食物。

时间在一分一秒流逝，我们仿佛能感受到躺在地上的森警官正逐渐失去生命力，却无计可施。几名年轻队员高喊着“快去救人”，却被夏之目科长制止。

“不要急，会有办法的。森一定能得救。不要急。”科长的语气平静却不容置疑，蕴含着足以让众人镇定下来的力量。

科长知道失去至亲的可怕，而且应该说是知道突然失去至亲的可怕。既然他这么说了，大家理应服从。

“当时如果不是科长想出那个办法，森警官就完了。”我回忆道。

“不，后来想想，还有很多更好的办法。要不也不至于被动物

① 日语中，“森萨”与“报警器”发音相似。

保护者们投诉。”

“反正森警官得救了，这一点毋庸置疑。非要抗议对狗怎么怎么不好，实在是没道理。”驾驶座上的大岛发起牢骚。

“说明狗比森受欢迎。要问我支持哪一方，我也选择狗。”

我和大岛都笑了，夏之目科长依旧是慢了半拍才笑。在去处理绑架案的车上谈笑风生，传出去肯定会遭到舆论批评。

很快，先行小组通过对讲机联系了我们，说已经到达 North Town，现在在据称是案发现场的佐藤家门前。

“看来是真的。”对讲机另一端的队员说。他的意思是，那通电话不是恶作剧，而是真的绑架案。“二楼窗口处有一个像是嫌疑人的男人，似乎正在等我们。他穿一身黑衣，躲在窗帘后面。灯关着，其他的看不清楚，但能看到他用枪胁迫着一名年轻男子。男子好像被绑住了。”

“大岛，还有几分钟到？”夏之目科长问道。

“十分钟左右。”

科长挺直后背，操作起驾驶座旁的对讲机。他将麦克风贴近嘴边，吩咐先行小组：“还有十分钟到达现场。和绑匪的首次接触由我来执行。”

“收到。待命时我们需要做什么？”

“调查一下附近有没有狗。”

那名队员或许也明白科长在拿以前的绑架案开玩笑，回答道：“我们会先组个汪汪合唱团。”

五年前的绑架案中，为了解决“要救森警官，怎么让狂吠的狗安静下来”这个问题,夏之目科长想出的主意是“让狗叫”。的确，因为无法向狗说明我们这边的情况,也就没办法拜托狗“不要叫”。

“既然这样，就让它叫吧。还要让别的狗也叫。”

队员们给相熟的宠物店和爱狗人士打电话，搜集来很多狗，用卡车运到了现场。狗狗们自然被这意想不到的局面弄得惊慌失措、怒气冲冲，像喊口号般一齐狂吠不止。绑匪于是主动和我们联系，问发生了什么事。

科长向他解释道:“我们也不清楚。附近的野狗突然骚动起来。我们这就让它们平静下来，请等一下。”总之，科长试图让绑匪相信这完全是和警方无关的突发状况。

“绑匪应该会怀疑吧？”我问。

科长一副理所当然的模样点了点头。“那倒是。不过，对方也不能肯定。我们只要和他说等会儿让野狗安静下来就行了。”

后来，科长告诉我这样一个道理：和自暴自弃、破罐子破摔的那种绑匪不同，如果对方能够正常交流，那么时间拖得越长，对方越想尽快结束。“如果对方感到厌倦，失去投降的力气，并为绑架持续过长时间而焦灼不安，往往就不会察觉到我们正在不知不觉中进行收尾行动。”

就结果来看，森警官顺利得救。许多条狗齐声狂吠，掩盖住了那条多伯曼犬的叫声。趁科长和绑匪交谈，分散其注意力之际，队员们靠近倒在地上的森警官，用担架将他抬了出来。

那次绑架案的最后，人质趁疲惫至极的绑匪打盹时偷偷逃跑。队员们冲进去善后，但就像科长抱怨的那样，“不该把狗狗们置于危险之中”的抗议纷至沓来。

发生绑架案的佐藤家算不上豪华，但相当气派。房子前面有宽阔的庭院，隔开了马路。

我们把车停在附近，与先行小组会合。一辆小型巴士大小的车出现在眼前，临时搜查本部便设在这里。放置好无线通信设备、录音器材和监视器后，车内的空间变得有些狭小，但还能容纳三四个人相对而坐。

“大家辛苦了。”夏之目科长慢悠悠地说，但他的目光却很锐利，“周边住户怎么样？”

“按照您的指示，我们正挨家挨户请他们避难。”

根据绑架案的危险程度，应对方式不同。此次案件的绑匪持有手枪，局势紧张、事态危急，因此警方在方圆二百米的区域内，半强制性地要求居民避难。现在，大岛也加入其中，挨家挨户通知。

“住户有些惊慌，但都听从了指示，很配合我们。”

“有没有在网上直播博眼球的家伙？”

“有也不奇怪，好在目前还没有。我们会实时关注那些用户多的门户网站。”

“家里没人的很多吗？”

“完全没有应答的住户不太多。”说着，队员指着摊开的地图，上面标出了家中无人的几户。

“会不会是我们以为家里没人，其实主人正在熟睡？”科长似乎想起了五年前那条多伯曼犬的主人。

“也许有这种情况，但我们也没办法啊。”毕竟不能强行闯入民宅，调查是否有人在屋里睡觉。“我们已经拉起警戒线，防止行人进入本街区。”

“如此安静祥和的街区怎么发生了这种事？”夏之目科长感叹道。或许他是想开一句玩笑。“无论如何，先走第一步棋吧。”说着，他拿出手机，切换到扬声器模式。

“我好紧张。”我说。

几声拨号音之后，电话那边响起一个低沉的声音：“喂？”

“我是宫城县警察局的夏之目。回电稍迟，抱歉。”科长的口气很淡定，不卑不亢。他常说，无论在哪种人际关系中，最重要的都是平等。

绑匪迟疑片刻，说道：“听着，你要是耍花招，人质就没命了！”

“佐藤家的人都安全吗？啊，我应该先问问，他家都有什么人。

请告诉我。”

绑匪没有立刻回答。

我脑海中浮现出绑匪环顾房间、清点人质的场景。从没有立刻回答这一点，能推测出这个绑匪是个谨慎、认真的人。

“这家有三口人，父亲、母亲和儿子。他们吓得够呛，但都安全。之后就不好说了。”

“这样啊。”夏之目科长一边回答，一边望向空中，似乎在想象绑匪的模样。

“只是暂时安全，你给我记好了。”男子提高音量，声音有些尖锐。

科长静静地转头看向我们，眼神仿佛在说：对方可以正常交流，太好了。

我也有同感。如果对方接起电话，第一句话是“我听从宇宙之声”或者“反正我这个人也完了”，处理此案的我们将很难进行交涉。

“你的要求是什么？为什么闯入佐藤家？”科长刻意频频提起人质的名字，以此提醒绑匪，他绑架的不是物品或器具，而是活生生的人。这些细节叠加，随后将会发挥作用。

“我和这家人无冤无仇，我要找的是别人。”

“别人？你和别人有仇？”

“我正在找他。找着找着，就进了这栋房子。”

“原来如此。”

“我的要求就是这个。”

“这个？”

“把我接下来说的人带过来，让他和我说话。”

“明白了。是谁？”夏之目科长没有丝毫犹豫。

绑匪说了一个我们听都没听过的名字——这也是自然。他说只知道那个人姓“折尾”，人称“折尾折尾”，年纪有四五十岁，职业是咨询师。

“咨询师？做什么咨询？”

对方顿了一下，才说：“做什么咨询呢……”

“姓折尾的咨询师，只靠这个信息能找到人吗？”

“他就在附近。”

“附近？”

“对，他绝对在附近。如果可以，我想自己找，可惜我出不去。至于原因……”

“不会是因为我们吧？”夏之目科长说。

“就是因为你们。”对方咂了一下嘴。

“我想问一下，在我们赶来之前，你没想过离开那栋房子吗？”

“当然想过。但就算我出去了，你们这些警察在外面转来转去，我也不好找人。既然这样，干脆……”

“干脆让我们这些警察帮你找？”

“怎么样？我聪明吧？”

“嗯，是个好主意。”

“总之，你们赶快找到那家伙，让他给我打电话，其他的之后再说。”

“等一下。”

“天亮之前找到！要是到了早上你们还没找到折尾，或是找到了但没打电话，我就杀了人质，然后自杀！”

“等一下。”

“行还是不行？”

“等一下。”科长一次次插话，试图打断对方，“人质完全是无辜的，这些和他们没关系，为什么要牵连他们？”

“很简单，我不这样做，你们怎么会认真听我的话？”

“我是认真的。我希望明天大家都能平安无事，恢复正常的生活。如果你放了人质，我们可能会更认真。”

绑匪笑了笑。“这怎么可能？”

“大家都能安稳地生活是最好的。不只是佐藤一家，如果可能，希望你也可以。对了，我该怎么称呼你？”

沉默片刻后，绑匪说：“开什么玩笑。”

对方自报姓名的可能性很小，但有时通过称呼可以了解对方的出身或来历，因为人们给自己起昵称时，往往会选择和自己有关的事物。

夏之目科长非常擅长抛出各种问题，并不露声色地捕捉其中的信息。

绑匪重重地咳嗽了几声，不悦地说：“我告诉你，这家的父亲打到了我的喉咙，疼得要命，气死我了。”

“你的声音听上去确实很可怜。”

“总之，你们要努力找到折尾！”

“你给的信息太少了吧？你觉得只凭折尾这个姓就能找到本人？如果他举着标语牌出现倒是有可能。”

“什么标语牌？”

“‘我就是传说中的折尾！’之类的。”

“那样就太好了。啊，对了，”绑匪停顿了一下，“他讲起猎户座来头头是道。”

这肯定是由折尾这个姓联想到的笑话。我没觉得好笑，反而很生气。夏之目科长或许也是同样的心情，但他依然面无表情。“我们不可能每遇到一个人，就问他是否熟悉猎户座。倒也不是说这样完全不行，只是太费时间了。你有他的照片吗？如果有，用邮件发给我们吧。”

“邮件？”

“邮件比较方便。”

“我担心。”

“担心什么？”

“我给你们发邮件的话，也会收到奇怪的邮件吧？不是有种东西叫病毒吗？”

看来，绑匪并不熟悉网络。在自己不熟悉的领域，有人会大胆行事，但更多人会变得谨慎。这个绑匪应该属于后者。

“你考虑得真细致。”

“算是吧。想让对方上当的时候，都会说些无关紧要的话。”

“什么意思？”

“要是开门见山地问‘你的密码是多少’，谁都不会告诉对方，对吧？但如果若无其事地说想替对方占卜，需要对方的生日，对方就可能会告诉你。如果密码和生日的日期相近，便能猜出密码。摆出一副帮助别人的姿态主动接近，那样才危险呢。你说是吧？”

这种获得信息的方法，其实是我们的拿手绝活。我们不说“把钱包给我”，而说“我帮你放一下行李吧”。这样对方就会听我们的话，至少不好直接拒绝我们。

“既然如此，我们不会回复你的邮件，只要你给我们发就行。这样总可以吧？我们并不打算钻空子，只是需要一些信息。”

绑匪思索片刻后说道：“我明白了。给你发照片就行吧？”

夏之目科长告诉对方自己侦查时用的手机邮箱，接着说：“我需要确认一下佐藤一家人的安全。”即使答应了绑匪的要求，保证人质安全也是首要前提。

“我都说了绝对不会有事。”

“我可以相信你，但要是能这么办事，那等我们找到折尾时，你也可以只信我的一句话吗？现在你不让我听到人质的声音，到时候我也不会让你听到折尾的声音。”

绑匪再次陷入了沉默。

“请告诉我佐藤一家人现在怎么样了。”科长催促道。

“等等。”绑匪似乎动了起来，先是传来一阵窸窸窣窣的声音，随后只听他小声说道：“老实点！别多嘴！我可不是吓唬你们！”他在威胁佐藤一家吧。

过了一会儿，电话里响起一名年轻男子的声音。“喂，那个……”

“是佐藤先生吗？我是宫城县警察局的夏之目。您是户主吗？”

“啊，我是勇介，佐藤勇介，是这家的长子。呃，其实是独生子。”

“勇介，你的父母也在吗？”

“是的，被绑着。我实在不明白怎么会发生这种事。”

我们有很多问题想问他：绑匪长什么样子，行动受限到什么程度，是否认识绑匪，如果不认识是否留意过这个人……如果能得到以上信息，将对我们很有帮助，但我并不认为绑匪会同意我们问这些。

“佐藤先生，请听好。您和您的家人现在一定非常不安，但请您相信，我们是专业人员，一定会帮助你们。想必你们现在很不好受，但请不要过度恐慌。”夏之目科长用“我必须告诉你们这些”的口吻向对方传达着信息。“一定会帮助你们”这句话也强有力地传达给了我。

“好。”佐藤勇介的声音听起来精神了一些，甚至让人觉得他眼中正含着泪水。他似乎还想说些什么，但一阵响动之后，换成了绑匪的声音：“现在你知道人质没事了吧？”

“谢谢。从现在开始，我会用心听你说话。”

“你刚才都没有用心？”

“坦白说，没有。”

绑匪并未生气，好像还笑了笑，我能听到他轻轻呼了口气。“那你们快点去找那家伙吧。”

“把照片发给我们。如果还有其他要求，请和我们联系。还有——”夏之目科长说到这里，对方挂断了电话，大概是觉得谈话时间过长，挂得很匆忙。

“比赛开始了。”科长说。

“现在先等邮件？”我盯着科长刚放下的手机。

“只靠折尾这个姓，什么都找不到。不过绑匪说过，那人肯定在这附近。”

“他是说住在这个街区吧？”

“如果他这么清楚，直接去找不就行了？刚才也应该明确告诉我们是哪一户。”

“也许那人刚好因为工作来过这个街区的某一家？”一名队员说。我不太清楚咨询师到底是做什么的，但他说的也有可能。

“那挨家挨户去确认的时候也得加上这一条。”

“要先把全市姓折尾的男人彻查一遍吗？”

“这个姓倒不常见。”但我们也不确定他是否住在本市。“我们现在正向房地产公司和税务部门询问佐藤家的相关情况。”

“对了，有一条信息令人在意。”一名队员像是突然想起了刚才忘记说的话。

“令人在意的信息募集中。”

“大概几个小时前，在这个街区旁边的县道后面，有人发生了争执。”

“争执。”夏之目科长重复了一遍，好像在确认这个词的意思。

“是两个男人，原本应该是为什么事情吵了起来。有个开车经过的主妇看到其中一人猛地撞向了另一个人。那个主妇住在这个街区，刚才告诉我这件事的。”

“争执啊……和案子无关吧？”我说。

“不一定。我能之后再详细询问吗？”夏之目科长说。

“人员已经先疏散了，一会儿我再去找她过来。”

“您认为这件事很重要？”我觉得，这种纠纷时有发生。

“也可能是因为争执而怒火中烧，从而引发了绑架案。”

“您是说其中一方就是绑匪？这可能吗？”

“不可能吧。”

我真不明白夏之目科长说话到底有几分认真。

我下车伸了个懒腰，抬头看到夜空中一轮美丽的圆月。

白兔事件，即发生于 North Town 的绑架案，随着警方的介入而进入了下一个阶段。

一名队员从一个主妇那里听说有人在街上发生了争执。毫无疑问，这次争执和案件密切相关，不过要等等才能为大家揭露真相。因为警察完全忘了这回事，很久之后才向主妇询问。

现在让我们沿着时间线往前，回到警察赶到现场之前、勇介他们刚刚被绑住时的场景。这里由闯入勇介家的男子来讲述最为直接明了。

看着眼前被绑的一家三口，我无比沮丧。怎么就落到这一步了呢?

我曾在仙台站发现折尾折尾的踪迹。正因终于找到他而松一口气时，只见戴着眼镜、身穿西装的折尾折尾露出一贯的爽朗笑容，不紧不慢地向我打招呼:“哎呀，好久不见了。”这令我不由得一时大意。他朝我横扫一脚，趁我疼得直叫唤时逃之夭夭。我因自己的失策气得眼前发黑，但好在我刚才把 GPS 定位器放进了他的包里。我的妙计实在是高啊!

当我跟随不断更新的定位，来到这幢看上去普普通通的独栋住宅时，我也很犹豫。可既然他在这栋房子里，我只要把他强行带走就是了。

幸运的是，大门没锁，我很容易就进去了。想着赶紧搜一遍，千万别把事情闹大时，我撞上了这家的母亲。结果正如我担心的，事情闹大了。

根据定位信息，折尾折尾就在这栋房子里。GPS 定位器能够提供从上空俯视的平面定位，却不能显示高度，而且还有误差。说到底，也只能提供个大概信息。

“这里有地下室吗？”我问这一家三口。

他们嘴上贴着胶带。父亲先摇摇头，母亲也配合地左右晃了晃脑袋，只有儿子一脸疑惑地看着父母。

“你们真不认识这家伙？”我把手机上折尾折尾的照片依次凑近他们每个人面前。

折尾折尾戴眼镜、穿西装，讲起话来口若悬河、头头是道，乍一看像个社会精英。

父亲盯着照片看了半晌，摇摇头，表示不认识。看他的样子不像在假装，但母亲和儿子的反应明显很奇怪。看过照片之后，二人双目圆睁，神色慌张，一看就知道在刻意装作不认识。

仔细想想，刚开始我给母亲看这张照片时，她就有些激动。

“你认识这个人，是吧。”我加重语气，肯定地说道，“他在哪里？”

母亲说了句什么，但因为嘴上贴着胶带，只能听到一阵叽里咕噜的声音。

我咂了一下舌，撕下胶带。撕到一半时，她似乎意识到这是个可乘之机，张口就向我咬来。我赶紧松开手。

“老实点！”我差点给她一巴掌。倒不是因为愤怒，只是她一副无所畏惧地朝我扑来的样子太吓人了。

我不得不拿枪指着她。“拜托，你老实点！再这样我就开枪了！我不开枪你就不拿我当回事是吧？该开枪的时候我可不会犹豫！明白吗？就算要不了你的命，打到你的大腿或者脚上，让你吃点苦头，对我来说还是小菜一碟。”

“枪声会引来警察的！”母亲强硬地回应道。

“警察来了我就出不去了。到时真成了绑架，对你们也没好处。”我注意到这家的儿子一直静静地盯着我，那眼神分明是在等待我露出破绽。他打算逃出去报警吗？

“你为什么认为我们认识照片上的人？”母亲说，“为什么觉得他在我们家？”

“你真的不认识他？”

“不认识。”她的口气强硬得像是在宣言，肯定是为了隐瞒实情。

再好好搜一遍？刚才我并未仔细查看书架内侧和床下。

我看到父亲摇晃着脑袋，看样子是想说话。我把手伸到他嘴边，小心提防不要被他咬到，撕开胶带。我腿都要软了。

“难道……”父亲说。

“难道什么？”

他慢吞吞说话的样子，真是急死人了。我真不知道这个父亲到底有没有在担心他的家人。他仿佛是在逃避现实一般，不时露出茫然的神情。

“你一直在用手机追踪目标的位置。”

“你怎么说话呢？”面对持枪的我，他竟然一副居高临下的口气，简直令我火冒三丈。他一身便装，看上去就是个靠不住的家伙，但估计在公司里颇有地位，平时肯定傲慢惯了。都这个时候了，还这么目中无人。

“您在找人吧？”他慌忙改用敬语，“您是不是在根据GPS还是什么提供的信息寻找？我看您好像在频繁地搜索定位。”

“那又怎么样？你想说什么？”

“你是不是在那个男人的随身物品中藏了能发送定位的东西？我看那张照片上有个包。是不是在那个包里？”

“那又怎么样？”

“其实，我刚才看到那个包了，还捡起来了，就在外面的路上，而且就是照片上的包。估计是那里面有什么东西在发送定位，让你误会了吧？”见我瞪了他一眼，他改口说道，“所以令您误会了吧？”看他那蠢样子，怕是几十年都不曾看别人的脸色说话了。他平时得有多傲慢！

母亲和儿子瞪大眼睛注视着父亲。我这才发现二人长得很像，不愧是母子。

三人的手脚都被绑着，我手里有枪。折磨或威胁别人，对我来说并非头一次，但一个人制服三个人还是相当费神。我拿枪对着他们：“老实点！”随后我又问那个包在哪里，心中却有一种不祥的预感。如果这个父亲说的是真的，这里只有GPS定位器的话，折尾折尾肯定不在这里，那我再也没有办法找到他了。

“在二楼。不是我刚才在的房间，我把它放在一个不好找的地方了。我和你一起去。”

“你在哪里捡到的？刚才你说那个包掉在路上了？”

“就在房子前面那条路。”父亲朝房门外努努下巴，“我以为是家里人忘在外面或者掉在外面的，就先把它拿进来了。”

“你们见过那个包吗？”

母子都使劲摇了摇头，看上去既像在说谎，又像是在认真作答。

“你是追着定位找到我家的吧？那可能就是因为包在这里，这里也只有包。这不就解决了吗？你只追到了包，但你要找的那个男人也许就在附近。你应该尽快去外面找才对。”

“闭嘴！”我感到一阵焦躁。如果折尾折尾真的不在这栋房子里，那我得立刻去找他，不能再耽误时间了。

“有时间限制吧？”父亲又抛出一个单纯的问题。

“你说什么？”

“我注意到你一直在看表。估计和别人约好了几点前一定要把那个男人带回去。”

“你真烦！闭嘴！和你没关系！”

是的，有时间限制。这关系到我心爱的绵子的性命。

绵子现在怎么样了？她该有多不安、多害怕？现在不是我在这种高级住宅中优哉游哉的时候，我有种立刻夺门而出的冲动。

等等，冷静。我安抚着自己。

闯入别人家，把里面的人绑起来，拿枪对着他们……我的行为并不算优哉游哉。这么做都是为了救绵子，我又没有偷懒。倒不如说，要是现在半途而废，那才是真的全完了。

以前我一直以为我是集团内部的人。一夜之间，我的心情就像被宣布交换去其他球队的棒球运动员的心情一样。原来球队和自己并不是一条心。

有些人不知道什么时候就会站到敌方阵营里，对于这一点，我有了切身的体会。我从未怀疑过自己站在绑匪一方，也从未想过妻子会被绑架，而我则成为被威胁的对象。

“你老婆被我们绑架了。兔田，听好了，要想你老婆平安回去，就照我们吩咐的去做。”

电话那头传来的是一个我并没听过的声音，但我猜得出来，这是集团中负责联系工作的人，应该和负责进货的我毫无交集。要的不是钱，而是别的东西，这是我们集团的做法。

“想必你也知道，你老婆现在的处境还不至于太差，所以你不必担心。”对方如此说道，但我当然不会因此觉得太好了。

我想起自己常对人质说的那句话：“我们决不会加害于你。别小看我们，我们可是专业的。”这并不能让我安心。一股难以用语言表述的愤怒情绪在我心中涌起。

“喂，在几号仓库？一号还是二号？”我咬牙切齿地问道。也许我应该再镇定一点，想办法套出更多信息，但当时的我根本顾不上。

“在一个你不知道的地方。”

如果我知道绵子在什么地方，一定会立刻飞奔过去救她。“她现在没事吧？听着，你们要是敢伤害她——”

“你应该很清楚，只要你听从要求，我们就不会伤害她，还会完好无损地还给你。但你也知道，要是不照我们说的做，将会面临什么后果。”

正如他所说，我知道失去交易价值的人就像库存残次品一样，会被粗暴地对待，最终丢弃。

“等等！何必这么麻烦，直接给我安排工作不行吗？我会好好执行命令的，没必要绑架我老婆。”

“或许吧，不过你应该清楚，有人质你会更——”

“更什么？”

“更拼命。”

“没有人质我也会拼命干，所以现在赶快放了绵子吧。”我极力恳求，但我知道对方不会加以理会。严守规矩、没有例外，这不是在做事务性的工作，而是商务——上面一直这样告诉我们。

“你只要去找一个人就行。”

“谁？”

“你也听说了吧？会计把钱——”

我想起前几天和猪田胜聊过的话题。“转移到别的地方了。”

“有个男人知道钱在哪里。”

“折尾？”

“是叫折折尾吧？”

“你还少说了一个尾。”

“你应该能认出他。我们之后会给你发照片，去把他找出来！”

没有拒绝的选项，反正我没看到。“为什么是我？为什么派我找？”

“具体我也不知道。可能是赏识你吧，干活能拼命。”

或许是我有能被利用的弱点：心爱的家人。像猪田，他没有会让他牵挂的家人，也没有财产。估计上面的人调查了下属的情况后，盯上了我的绵子。

放下电话，我脑中一片空白。随即，黑黢黢的恐怖画面涌入其中。一想到被监禁的绵子，我就心如乱麻，无法思考。可是，如果我现在不挺住，就无法救出绵子，这一点让我总算还能保持清醒。

我想起自己曾经的所作所为，想起那些被我绑架的人，想象着他们家人的模样。事到如今，我才开始痛恨自己为什么要做那么多坏事。我号啕大哭起来。这是我自作自受、罪有应得，我只能祈祷不要把绵子卷进来，同时在心里咒骂那些我看不见的人。

“你是不是和人约好，几点几分前必须把那个男的带过去？”那个不长记性的父亲又问。

是啊是啊——我真想这么说。不仅有时间限制，而且就是今天之内，我必须把折尾折尾带过去。而只剩几个小时，今天就要结束了。来不及了。

不，还来得及，我对自己说。上面的人之所以要找到折尾折尾，有两个原因。一，是对背叛行为的惩罚：集团为了今后的统一管理，必须严惩背叛者。二，也是更为重要的，是让他交代钱在哪里。没有钱就无法给客户汇款，可汇款日期已经定在了明天。看来这次的客户不是个有事好商量的人，所以现在必须不惜一切代价找到折尾折尾。只有命令我必须在今天，准确地说，是必须在明天天亮之前找到折尾，才能化解危机，和客户还有交涉的余地。

“好，你跟我过来！”我命令父亲，“把那个包给我找出来！”

那个父亲估计是一个姿势维持得太久，腿麻了。只见他慢吞吞地站起来，说道：“这样我没法走路。”

我于是撕下他脚踝处的胶带。

“要是发现和我们没关系，你就快点出去。”

“闭嘴！快走！”我用枪捅了一下他。看到枪，他的眼睛一亮。我注意到了这一点，但当时并没有多想。

来到二楼，他朝靠里的一个房间走去。我发现他走路时似乎拖着右腿。仿佛察觉到了我的目光，他回过头说：“从年轻时腿就……”随即又问，“能松开我的手吗？”

我没理他。刚才匆匆搜查屋子时，我进过这个房间，里面并排放着摆满了书的书架。一看这间屋子的主人就非常聪明，但和我无缘。“喂！包在哪里？”

“那边的书架上。”他向其中一个书架努了努下巴。

我走了过去。玻璃门里面只摆着一些看上去有些晦涩的书，我上下扫视了一遍，并没有找到包。“没有啊。”说完，我才发现书架有内外两层，外层可以横向推拉，倒称不上是什么机关。我没多想，直接将面前的书架外层向左一推。当看到里层的东西，我怔住了。本以为里面放的不外乎是书和DVD，可是装在玻璃盒子里的，怎么看怎么像来复枪和钢盔。换言之，书架里的东西怎么看怎么像武器。

普通人的家里怎么会有这些？

这时，我的身体晃动了一下。我愣了一下才反应过来，是父亲从后面朝我撞来。他两手被反绑在背后，但这并未妨碍他的行动。

糟了——等我脑中浮现出这个词时，已经晚了。我撞上了桌子，腰部随即传来一阵疼痛，我不禁趔趄了几下。

父亲跨坐到我身上。他的双手仍被绑在背后，膝盖顶住了我的手腕。因为关节被他锁死，我的身体完全动弹不得。

没想到这个人外表瘦弱，却丝毫不能轻视！

片刻后，他挪开腿，改用膝盖压住我的脖子。他全身的重量都集中过来，令我的喉咙疼痛难忍。

来者不善！我想起刚才看到的那些武器。从常识来看，很难相信那些是真家伙，毕竟其中还有手榴弹。难道他的爱好是收集仿真军事用品？在双手被绑的情况下还能把我压在身下，看来他受过一定的军事训练。

我渐渐喘不上气来，意识越来越模糊，就连对自己意识的感知力也在慢慢变弱。

完了！我万念俱灰。一切都完了！但紧接着，我体内迸发出超越极限的力量，因为我想到了绵子。如果我在这里倒下，就无法去救她。如果没有我，她的未来将陷入绝望。

可恶！这么一想，我立刻迸发出了无穷的潜力。我猛地回身扳倒对方。关节传来阵阵疼痛，可能是身体扭过了头，但我根本顾不上这些。我一边咳嗽，一边大口喘着粗气。喉咙好痛！我试着发出声音，才发现嗓子已经彻底哑了。

我一把揪起倒在地上的父亲的领子，用力拖着他向书架撞去，随即拿起枪指着他，手指搭在扳机上。我曾经朝人开过枪，但不是在这么近的距离。开枪会让情况更加恶化，这种预感让我恢复了冷静。现在见了血，事情只会变得麻烦。

“举起手来！老实点！这些是什么？”我看向书架，“这不都是违禁品吗？”

父亲板着脸，一言不发。他大口喘着气，查看身上受到撞击的部位。

我咳嗽了几声，确认喉咙的状况，感觉疼得要命。该不会咳出血了吧？我想问他包在哪里，可几乎发不出声音来。

这时，楼下传来一阵声响。不知道是不是椅子倒了，但可以肯定的是，楼下那两个人一点都不老实。难道父亲的目的是引我离开一楼？

“敢耍我！”我急忙拽起父亲，像拖重物一样粗鲁地拖着他下楼冲进客厅。

“不许动！不然我一枪崩了他！”我高声喝道。

儿子似乎正准备打电话。他四肢受限，仍试图趴着去拨打掉在地上的手机。他嘴上的胶带被撕下来了，应该是他们母子联手做的。

焦急、愤怒、恐惧一齐充斥在心中，我不由得发出一声毫无意义的咆哮。得让他们知道，我是有枪的！我把一路拖过来的父亲像抖被子一样一把丢开，拿枪顶住儿子的头。“胡闹什么！喂，我真要开枪了！”

事已至此，只能开枪了吗？

我捡起手机，贴在耳朵上，没有听到声音。

他已经报警了？还是正要报警？如果已经报警，警察很快就会赶到。

我不禁打了个寒战。要是警察来了，我只能二选一：劫持人质或者逃走。

我只想避免持久战。越是害怕，脑海中就越是浮现出最坏的情况。我能想象四周被警车包围、时间白白流逝的情景，但把绵子抓走的那帮家伙并不知道，只会断言“好，时间到，真是遗憾”，然后给绵子贴上“废弃”的标签。

向警方求助怎么样？如果我实话实说，请他们解救绵子，也许他们会帮我。但要是走漏了风声呢？警方的人中的确有集团的内线，至少有人愿意为我们提供信息。曾有人在家人被绑架时报了警，但很快就被我们知道了。

该怎么办？我就像在极力安抚心里那只焦躁无比的怪物，却仍压抑不住体内翻涌的急躁情绪。我将父亲按倒在地，朝他踢去，接着用胶带绑住了他的脚踝。这花了我不少工夫，因为我还得拿着枪威胁他，以防他反击。

那个儿子看我忙得焦头烂额，就伺机鬼鬼祟祟地动着身子。他理应被绑在身后的双手伸到了前面。啊——我刚一发现，脖子就被一把掐住。他手上的胶带不知怎么松开了，指尖深深掐在我的喉头，一阵疼痛随即向我袭来。我急忙伸手甩开他。说父子俩心有灵犀有点奇怪，但他攻击的位置和刚才他父亲用膝盖顶住我的位置一模一样。

开什么玩笑！我好不容易才把他踢开，然后慌忙将枪口转向儿子。母亲扑倒在儿子前面，似乎想用身体当作盾牌。

全家人能团结一致、齐心协力，真不错啊。但请在和我无关的地方展现你们的亲情吧。

我咳嗽了好一会儿。“听着！少和我耍花招！”我威胁着他们，喉头又是一阵刺痛传来。

气死我了！

“说！上面那些玩意儿是什么？你在书架后面藏了什么？”

父亲看上去已经心灰意冷，仿佛意识到反抗终是徒劳。他自顾自地发着呆，完全没有开口的意思。

“快说！”我又踢了他一脚。母亲吓得哆嗦了一下。

“是仿真军事用品。”说话的是儿子，“父亲喜欢玩真人 CS。”

听到儿子说起自己，父亲似乎兴致缺缺。看上去还在为自己作战失败而沮丧。

“真人 CS？那么多收藏品？还有气枪？”

“嗯。”母亲点点头。

父亲慢了半拍才点头答道：“是的。”

好险！如果刚才父亲拿出气枪指向我，我一定会以为那把枪是真的，吓得不敢动弹，形势很可能就此逆转。我暗自咂舌，再次用胶带绑住三人的手脚，并封住他们的嘴。“奇袭的机会只有一次。真是可惜啊。喂！你是不是已经报警了？”

儿子嘴上贴着胶带，无法作答。突然，房间里响起一阵陌生的旋律。

什么声音？

还有振动声！可刚才儿子打电话时用的手机没有任何动静。我看着这一家三口，只见母亲瞪大眼睛，发出“嗯嗯”的呻吟。

“找你的？”我问她。她点点头。

显示来电的是一部放在桌上的翻盖手机，样式陈旧。我抓起手机，看到屏幕上的来电人是“父亲”。

“这个叫父亲的是谁？”我用枪指着母亲，朝她走过去。脚步声透露出我的焦急，但我不是故意的。我甚至忘记被她咬过一口的恐惧，粗鲁地撕开了她嘴上的胶带。“说！这是谁？”我拿着手机，凑近她的脸。

母亲先看了看一旁的父亲，又望向一边振动一边响铃的手机，最后将目光投向我。她显然很慌乱，不知该怎么办，苦恼着是否要说实话。看来她原本打算说谎。

我立刻将枪口对准儿子的脑袋，朝母亲说道："接电话！告诉他现在不方便，一会儿再打回去。听着，不许说多余的，否则崩了你儿子！到时候咱们就都完了。我只能让一切就此结束。"说完，我用枪指了指自己的脑袋。我不确定会不会真的这样做，但现在已经怎样都无所谓了。

母亲表情僵硬地点了点头。

我按下通话键，把手机放到母亲耳边。只要说句话，就知道对方是谁了。

"老公，不好意思，我一会儿给你打回去。"我听到母亲说。

老公？

“春日部，媒体老爷们来了。”我们在车外向陆续集中的队员下达命令并汇总信息时，夏之目科长突然望向远处，说道。我回头一看，见马路对面走来一群扛着照明器材的人。

刚才警戒线内的队员和我们联络，说是媒体的人想进去。

“和他们说，要是进来我们就开枪了。”对于夏之目科长的话，我只能苦笑以对。

“好像是绑匪联系了电视台。”

“怎么回事？”

“据说绑匪要求他们现场直播。”

从用对讲机通话的队员身后传来一阵喧哗，能听到有人在语气强硬地说着“我们也有权利进去”。

“稍等，我确认一下。”科长放下对讲机，迅速拿起手机给绑匪打电话。

对方很快接起，却没有说话，好像在窥探我们的态度。

“我是宫城县警察局的夏之目。”

“人找到了吗？”

“我们正在尽力寻找折尾。不过不好意思，现在有一件事想和你确认一下。电视台的人来了，说是你和他们联系过，要求直播？”

“没错。”

“啊，真的？”科长仿佛深感意外，脱口而出。

“我要求把这里的情况通过电视一五一十地播出去。就从你们所在的位置拍摄，但不要用直升机，那玩意儿太吵了，要是你们搞什么突袭我都听不到。不过，这家人强烈要求——”

“要求什么？”

“不要泄露他们的个人信息。现在这世道，信息会一直留有记录。以后只要将他们的名字输到搜索框里，下面的关联词条就会自动跳出‘人质’。”

“如果搜你，就会跳出‘绑匪’。”

“总之，他们希望媒体别乱说话。”

“我也希望如此，可即便对媒体说‘别拍了’，追踪调查也是他们的工作。你把电视台的人叫来或许是个错误。”

“我又不在乎这些人的个人信息泄不泄露。总之，我需要通过电视获取信息。”

电话就此挂断。

“联系电视台对于绑匪来说是上策吧。”以前的案件中，也有绑匪要求：“不许拍我！离我远点！”

“从电视上的确可以获取信息，但电视台也经常会把我们想隐藏的信息大张旗鼓地公之于众。”

“我们和电视台不是一伙吧？”当然，我这只是说一句玩笑话。包括电视台在内的各家媒体，有时确实很麻烦，但也能为我们提供重要信息。我们和媒体常有利害冲突，但毕竟终极目标都是希望世界会更好。嗯，反正我相信是一样的。很难想象电视台会为了提高收视率而蓄意滋事。

“春日部，等会儿看我眼色行事，你去和那些媒体的人说。”

“哎？”

“就说‘我们和你们不是一伙的’。”

“对方会生气的。”

“所以才让你去说。”

我来到挤在警戒线处的媒体跟前，说道：“一切以人质安全优先，请配合我们的工作。”但他们在忙着安置各种摄像器材，似乎没人顾得上听我说话。看他们把我的话当耳旁风，我再次提醒道：“这可是人命关天的事。”我本想借这句话施压，但他们毫无反应。或许在他们看来，我就像演唱会前宣读注意事项的工作人员一样令人不快。

“绑匪手中有枪，请大家不要掉以轻心！”夏之目科长略带威胁地大声说道。他的话仿佛激起了大家的警戒心，众人纷纷动了起来。科长继续解释道："我们还在搜集绑匪的信息，目前对绑匪的人数和特征一无所知。为了防止对绑架案的受害者造成二次伤害，请不要报道受害者的姓名，也尽量不要透露这栋房子的任何确切信息。"

"那还有没有什么其他消息？"媒体紧追不舍。

这种问题不好应付。过于封锁信息可能引发抵触情绪，到时媒体会自行搜集信息。必须得让他们明白，我们是互助关系。让我们发挥团队精神，共同收获最后的荣光吧！

科长自然比我深知这一点，他向媒体说明了警方得到的通报内容。

"你的意思是，人质是偷偷打的电话？"

"找机会打的。真是不容易啊。"科长仿佛看到了当时的情景，颇感佩服似的微微点了点头，"但遗憾的是，马上就被绑匪发现了。"

我和科长并肩走回原处。"我们本来就没什么信息，实话实说真痛快。"科长小声对我说，"反正没什么好隐瞒的。"

"绑匪也要求别公开具体信息，这样说更容易让媒体配合。"

绑匪要求不要报道，所以拜托你们配合，否则万一人质出了事怎么办——如果这样对媒体说，他们报道时便会更加谨慎。不确定他们是否会严格遵守约定，但至少能及时止损，因为如果发生意外，他们也难辞其咎。

在这个社会中，让人们约束自我的，不是法律，也不是道德，而是利害评估。

大岛不知从哪里过来了。到达现场后，他一直跑前跑后，忙着疏散周边住户和收集信息，累得上气不接下气。

“了解那栋房子的情况了吗？关于佐藤家，房地产公司怎么说？”

“联系过那边了。据说买下的时候已经不是新房了，前户主基本上都在国外工作，所以是按二手房处理的。”

“是佐藤家买下的吗？”

“疏散周边住户时我打听了，但没得到什么信息。这家人好像和邻居几乎没有来往。”大岛说。

“一点有用的都没有？”

“有个女人说，见过这家的儿子大白天就在街上溜达，好像连兼职都不做。听上去是个不争气的儿子。”

“不争气的儿子，对父母来说也是不争气的宝贝儿子吧。”夏之目科长劝慰着愤愤不平的大岛。我能听出科长言语间流露出的落寞之情和仿佛自言自语般微弱的声音：只要活着就好。

不知他是不是想起了妻子和女儿，他的神色完全看不出来。如果只看外表，他是个有自我意识的正常人，而一旦深入他的内心，就会发现里面空空如也。这就是现在的夏之目科长。

“那个不争气的长子这次倒是大显身手，向警方通报了信息。”

“可大显身手容易激怒敌人。要是绑匪气急败坏，事情很可能一发不可收拾。这次只能说他运气好。”

“也是。”大胆行动的后果却是致命的，这种事不是不可能。

“这家人和邻居没什么来往啊……”夏之目科长意味深长地低语道。

“怎么？”

“没什么。我只是在想，佐藤家或许有什么状况。”

“有什么状况？他家已经有状况了，有绑匪啊！”大岛一脸认真地说。

“和外界没有交流的家庭，很可能因内部矛盾产生问题，就像自体中毒症的病因也往往出自身体内部。父母和孩子中的某一方会极其强势。这次的绑架案说不定就是由父母和孩子吵架或夫妻间吵架引发的。”

“哦……”我点了点头。

以为事态非常严重，迅速赶到现场才发现只是亲子或者兄弟姐妹之间产生的家庭纠纷，这种事以前也发生过。

“父母和孩子吵架，没必要谎称‘家里有绑匪’吧？要是事情闹大，根本没法收场啊。现在已经闹得够大的了。”大岛看了看挤作一团的媒体，“还主动把电视台叫来。这要是个骗局，对自己下手也太狠了吧。”

“也是。不过，假如是父亲使用了暴力，结果事态严重到超乎想象，为假装是外面的人做的，就把事情复杂化，不是也有可能吗？”说到这里，夏之目科长又立刻否定了自己的说法，“算了，是我想得太多了。”

事态严重到超乎想象——这种抽象的指代，科长不是随便说说而已。他大概是为了避免说出“有人死了”这种令人不安的话。

为了隐瞒家中发生的意外而捏造一起案件，这种事倒也有过。

“抱歉，当我没说过吧，我只是觉得奇怪。继续调查佐藤家。”

夏之目科长话音刚落，另一名队员打来了电话。“找到折尾了，就是照片上的那名男子。我现在立刻带他过去。”

我和科长对视了一眼。没想到这么快，我松了口气。

对不住刚刚松了口气的代理科长春日部，现在要暂时切换一下场景，因为那名队员乘车来到现场还需要花点时间。

相信诸位已经注意到了，夏之目科长认为，这次绑架案的背后可能有佐藤家亲子冲突的原因，这个想法是不对的。那位喜欢真人 CS、被称作“雄性荷尔蒙集合体”的父亲，虽然平时在家里作威作福，现在却没有惹是生非。从外面闯入的兔田也是确有其人。

不过，夏之目的直觉并非一无是处。佐藤家或许有什么状况——他的想法未必不对。佐藤家确实有隐情，而这让白兔事件更加扑朔迷离。

电视直播开始了。来看看电视机前的观众们有何感想吧！与其描述素不相识的人，不如让和此事略有关系的人来看这场直播。所以，现在坐在电视机前的就是这两个人。

“这事闹大了。”今村在电视机前调整了一下坐姿。

“看个电视还要正坐？”今村旁边的中村一脸嫌麻烦地说，虽然他自己也是正坐。

电视画面上打出了“直播”两个字，还写着：“仙台市发生绑架案！”

“靠这种事让仙台出名，真让人高兴不起来。”

“就是就是。”

“这一块是警察吗？”中村指了指站在画面中央的记者的左侧，那里正聚着一群人。

“他们正在商量对策吧。”

“够辛苦的。”

“老爷子，您身为小偷，说这话不合适吧？”今村笑道。

“你好好想想，这个案子和这帮警察没有直接关系，遭惦记的又不是自己家，案子就算不了了之也没什么。可现在，他们却要搭上宝贵的时间在这里卖命。我都要同情他们了。”

“我明白。地震的时候，新干线的维修人员必须全体出动去检修线路，不管是深夜还是雨天。明明不是他们的错。太伟大了。”

“是吧。总之——”中村完全忘了就在几天前，他还拜托黑泽别说“总之”这个词，可能他被传染了。

“没办法，这是工作。”

“工作真是个苦差事。不过像我们这样只想轻松度日，不愿找像样的工作，似乎也不太好。”

“冉先生也说过这种话。”

“《悲惨世界》吗？你真的读了？厉害！”

“花了我五年时间呢。冉先生劝说过想要偷盗的人。”冉阿让确实这样说道：那些讨厌劳动、想靠偷盗逃避的人，等待他们的将是有如刑罚的劳动！一心享福的人结果就是受苦。所以，请金盆洗手吧。今村接着说：“对了，我以前在电视上看过斗士悍蚁的纪录片。斗士悍蚁袭击其他蚁巢，抢夺人家的卵和幼虫，让别的蚂蚁当自己的奴隶，真是过分。我看了非常生气。不过，斗士悍蚁和我们这些到别人家偷东西的人——”

“不一样。”中村坚决否认道。

“嗯？”

“今村，别把咱们和强行俘获奴隶的蚂蚁混为一谈，好不好？”

“可蚂蚁也没——”

“没恶意。倒不如说，它们生来如此，这也没办法。只是，就连你我也是反对奴隶制的，对吧？”

今村使劲点点头，深表赞同。

这时，电视画面上的记者好像一直在留意自己的身后，反应迅速地说道：“好像有动静了。”

“怎么了？怎么了？发生什么事了？”中村凑到电视前，“终于行动了吗？”

“绑匪要求送食物，现在即将送食物。”记者激动地说道。

“这人看上去也太激动了。”

“这也是工作，都是工作。”中村似乎已经坐累了，站起身来。

“到时候黑泽先生肯定会生我气的。”今村耷拉着肩膀，失落地说。

“又不是你让他进那栋房子的。”

“话是这么说，但要不是我一开始弄错了，黑泽先生也不会去。”

“是人都会犯错。”中村这么说，绝不是为了显示他的宽宏大量和善解人意，只是希望自己曾经犯下的种种过错能得到原谅。

事情怎么会变成这样？双手双脚都被捆住的黑泽暗自思忖。他自认在他的人生中，一向不在乎未来和过去，只考虑现在。对于未来的规划不在他的考虑范围内，这样既不会后悔也不必反思。可眼下陷入如此麻烦的境地，他难免有些懊恼。

当初要是别管那张破纸就好了。

今村大言不惭地说把那张例行但书放在了隔壁家，如果不小心掉了，估计在二楼。黑泽信了他的话，于是前去取，手脚并用地攀上房子后面的围栏，沿着固定室外空调和雨水槽的金属零件一路爬到二楼阳台。这活儿基本算是本职工作，对黑泽来说小菜一碟。黑泽轻而易举地进入了室内。

很快，他找到了那张纸。就在他将纸放入口袋，准备像来时一样从阳台离开时，一楼传来咚咚的脚步声。黑泽知道家中有人，所以对此并不吃惊，但他没想到的是，来人手中竟然拿着一把枪。

“果然藏起来了！”对方眼睛一亮，将枪口对准黑泽。黑泽见他一脸认真、神色紧绷，立刻明白现在最好不要反抗。

既然反抗不是上策，黑泽决定一切都要点头称是，以求尽快脱身。对方让他举起手来，他就举起手来；让他趴下，他就趴下；问他“你是这家的父亲吗”，他就回答“是”。

黑泽判断，与其拙劣地说明实情，不如装成是父亲——对方既然这么问了，就说明这家的父亲此时出现在这里并不奇怪，而且不容易惹出麻烦。对方一会儿命令他起来，一会儿命令他趴下，颇有些手忙脚乱，不过他还是老实照做了。

事到如今，黑泽追悔莫及。早知道会发展到这一步，当时就算对方拿枪指着自己，也不该乖乖服从，应该全力反抗、迅速逃跑才对。

男子迟迟不走，而且显得愈发焦躁。黑泽有一种不祥的预感：事情正变得麻烦，而且麻烦只会越来越大。为了能尽快打破眼下的僵局，黑泽才会说捡到了一个包，包在楼上。就这样，他带男子来到二楼。

从阳台进来后，黑泽立刻注意到了那间像是书房的房间。他就是在那里找到了那张例行的但书，但出于职业习惯，他注意到了墙边的推拉式书架。他碰了一下，发现内侧的书架上放着气枪、迷彩头盔、护目镜和无线电对讲机，甚至还有类似手榴弹的东西。玻璃门锁着，里面的东西拿不出来，但仔细一看便知道这些都是出于个人兴趣而收藏的仿真品。

那个男子看到书架肯定也会大吃一惊，黑泽盘算着利用男子愣住的时机将其压制。痛击对方关节这样的技巧，是闯空门专业户黑泽随身必备的技能，即使双手被绑也能施展。

黑泽的预设只实现了一半。他带男子来到二楼，男子拉开书架后大吃一惊。到此为止，一切进展顺利。可是，当他按住对方的脖子，差点让对方昏厥时，对方却使出了超出他预期的力气。更令他没有想到的是，这家的儿子竟然在一楼准备打电话报警。

结果，枪口又对准了那对母子。黑泽不是这家的父亲，但如果母子俩真挨了枪子，事情就闹大了，所以他还是无法反抗，只得又被绑住。一切回到了原点。

真是的，我到底在做什么？

黑泽看向左侧，只见儿子正用比刚才还热切的目光注视着他，仿佛在问：你是为了给我制造时机吗？你是我们这边的？失败归失败，我要报警这个决定没错吧？

黑泽连叹气都叹不出来了：我只想取回工作时要用的例行但书啊。

对于黑泽，无论是儿子还是母亲，都没有表现出“我们根本不认识他”的意思。黑泽第一次和他们视线相碰时使了个眼色，像在示意他们要假装什么都不知道。这一点是否传达到了无从得知，但他们在配合着黑泽。

可惜，骗得了一时，骗不了一世。

放在桌子上的手机响起了来电提示音。男子抓起手机，看了一眼屏幕上的来电显示，问道："这个叫父亲的是谁？"

黑泽脑海中浮现出一句同义反复句：所谓父亲，就是所谓的父亲。

这家的父亲？糟了！正在黑泽这么想的时候，男子已经把手机放到了母亲耳边。听电话另一头的人说完后，母亲答道："老公，不好意思，我一会儿给你打回去。"

老公？

黑泽脑中冒出一个问号。看得出，男子也有同样的疑问。

她到底在叫谁老公？

她显然一副对自己丈夫说话时的口吻，男子自然会诧异地歪头看向黑泽，毕竟对他而言，黑泽才是"丈夫"。雪上加霜的是，那位母亲也像突然清醒过来似的看向黑泽，这就更诡异了。

母亲挂断电话，脸上仿佛写着"完了"两个大字。她看着黑泽，似乎在说"我不小心说多了"。

男子走过来，一把扯下黑泽嘴上的胶带，声音嘶哑地说："你！"

黑泽赶紧用更大的声音盖过。"你！那家伙到底是谁！"他决定朝在一旁的勇介的母亲破口大骂。"说！刚才打电话的是谁！你叫谁老公呢！"在对方质问前，不如先发制人。自己是个完全不相干的陌生人，还擅自闯入，这样责问她确实说不过去，但黑泽顾不上这些了。现在最重要的是尽快脱身。

“我问你呢，你又是谁？”男子用枪口捅了捅黑泽，又问母亲，“刚才打电话的是谁？”

母亲支支吾吾说不出话来。

这时，黑泽大声嚷道：“刚才打电话的是谁？你叫谁老公？”他眉头紧皱，质问着母亲，心中却冷静地想，一会儿假装害怕，一会儿假装生气，今天要表现的这些情绪都是平常不习惯表现的。他并不知道一个丈夫是否会因妻子这样的电话而如此怒气冲冲。“说！刚才到底是谁？”黑泽觉得自己就像在演戏。他甚至开始反省自己是不是演得太过火了。

“喂，所以你不是父亲？”男子将枪口对准了黑泽。

“我就是父亲。”这是句谎话，但黑泽仍一口咬定。他没有小孩不假，可既然有“失败乃成功之母”，说不定也有“小偷是监控之父”之类的话。黑泽对自己说，这样也不算说谎，什么都可以是什么之父嘛。

“那刚才打电话的是谁？”现在枪口又转向母亲。

“我就是父亲。这算怎么回事？到底怎么了？”

母亲颤动着嘴唇，说不出话来。她并不是在沉默，只是不知该如何作答。不能说真话，可不说话又会让自己和儿子挨枪子。眼前的状况令她走投无路，脑中一片混乱。她眼看着就要口吐白沫，昏厥过去了。可能是实在撑不下去了，最后她终于冒出一句：“是……是我丈夫。”

“也就是说，那个人才是这家的父亲？”男子不放心似的继续追问母亲，不时瞟一眼黑泽。他把枪使劲顶在黑泽的脑袋上。与其说他想吓唬黑泽，不如说是为了缓解心中的焦躁情绪，而一心只想击溃导致这一切的元凶。“那你到底是谁？”

母亲一脸担心地看着黑泽。

“说！这家伙根本不是父亲，对吧！”男子问母亲。

“不，我就是父亲。”黑泽想，我一定是什么之父。

男子用脚轻踩住勇介。“你说！这家伙是谁？”

勇介嘴上贴着胶带，只能发出一阵含糊的声音。

这是怎么回事呢？之后事情会如何发展？黑泽只知道，麻烦会越来越大了。

“来了？”佐藤家门前的马路对面，代理科长春日部看着从后方走来的SIT队员的身影，小声低语。

“那就是我们要找的折尾老弟吗？”夏之目科长说。他的话讲得很幽默，但看上去他并不觉得好笑。

正如刚才代理科长春日部所说，妻女双亡后的夏之目丧失了一切情感，只是一直在尽力扮演以前的自己。当然，他并非完全变得麻木，待会儿我们就能见到他情感外露时的样子。

现在还是从春日部的视角来继续吧。

队员们包围着折尾，带到我们面前。

“是我找到的。”一名队员得意地挺起胸脯，向前跨出一步。

看到他邀功的样子，我苦笑了一下，但夏之目科长的表情毫无变化，只说了一句："做得好。"

"搜查时，一个路过的市民告诉我，附近公寓的入口处有一名陌生男子在警戒线前徘徊。那里无处可躲，他一直走来走去的，我们刚一接近，他就想逃跑，很快就抓住了。"

"你就是折尾，呃，先生？"我问道。这么轻松就找到，未免太过幸运，我简直怀疑队员会不会抓错了人，但这个身形挺拔的眼镜男答道："嗯，没错，是我。这到底是怎么回事？"

如果和警察打交道，在不清楚自己所处的立场时，有人生气，有人沉默，有人害怕，也有人话变得很多。

他是会成为话痨的那类人吧？

"啊，我姓折尾，全名折尾丰。"不等我问，他就说了起来，"不巧，我的名片刚好发完了。"

他的话有些可疑。据我猜测，他就算是咨询师，估计也不是正经的那种。"您从事咨询工作？"

他没有立刻回答，随后才含糊地说："啊，嗯，算是吧。"

"难道不是吗？"我语气强硬地反问道。

"啊，是吧，嗯。"他依旧含糊其词，"请问，现在是怎么回事？我不明白为什么突然把我带到了这里。"他试图用提问来掌握谈话的节奏。

这名男子和绑匪有什么关系吗？他是一个被卷入案件、理应得到同情的普通人，还是绑匪的同伙或与其有关的人？我想知道他是不是个正经人，是想接近警方还是想与警方保持距离，但从他的反应中，我看不出任何端倪。

“你为什么在公寓入口待着？在躲什么吗？”我决定先发问。

“说我在躲什么，倒也没错。我感到有点危险，所以想尽量待在安全的地方。”

“什么危险？”

“这……一两句话说不清楚……”

“多说几句也无妨。”

他又开始含糊其词：“啊，就算你这么说，我还是没办法三言两语说明白。”这等于什么也没说。

侃侃而谈的人往往胆小，一旦我方强攻，便会发现对方意外软弱。但这个姓折尾的男子冷静得出奇。难道他早已习惯在这喧嚣的世界摸爬滚打了？

“总之，请跟我们来一下，绑匪正在找您。”夏之目科长放低姿态，客客气气地说。他常说，放低姿态才能更好地防御。

我和大岛分别站在折尾两侧。即便他和这次的案件没有直接联系，也很可能在从事某种非法工作。如果他不想接近警方，就此逃跑，我们就难办了。

“去哪里？哎呀，太可怕了。你们能说详细些吗？”

将折尾带到车里，避开媒体和周围人的目光后，我终于松了口气。其他队员也是如此吧。

“折尾先生，不好意思，我们马上给绑匪打电话。他让我们找到您，说想和您本人通话。”夏之目科长说。

“和我通话？那个绑匪是谁？”

“你没有线索吗？”

“没有。对方是男的还是女的？”

“男的。”

“为什么非得让我接电话？拜托，别把我牵扯进来啊。你们警察会允许这种事情发生吗？竟然把一个与案件毫无关系的普通人卷进来。”

“因为不见得没有关系。”

“嗯？你什么意思？”

在我们说这些的时候，夏之目科长神色淡定地操作着手机，随即对绑匪说：“啊，我是夏之目。久等了，我们找到了折尾先生。”

折尾双目圆睁，一副不知所措的模样。“等等！”他边说边向后退了一步。我拦住了他。

夏之目科长并未在意，继续对着电话说：“你说得没错，他就在附近，躲在了公寓的入口处。”

电话里传来绑匪的声音。“让他接电话！”

夏之目科长若无其事地把手机递给了折尾。折尾仿佛感受到了夏之目科长无形中透出的一种令人难以拒绝的威严，并未反抗。

“喂，折尾？”

折尾看向夏之目科长，不安得像个依赖母亲的少年，无声地用口形问：我该怎么回答？然后面容憔悴地扶了扶眼镜。夏之目科长有意避开了折尾的目光，可能是想观察他的反应。

“请问，您是哪位？”折尾恭恭敬敬地问。

电话的另一头明明没有传来任何声音，却能感觉到对方笑了笑。“你真的是折尾本人？证明一下吧。”

折尾咂了一下舌，问道：“证明？请等一下，是你叫我来的，现在却让我证明一下，未免太任性了吧？我不明白你的意思。能说明白一点吗？”

“别装傻！你明知故问！”

“你这样说，我还是不明白……”

“够了！告诉我你叫什么？”

“折尾，折尾丰。”

“如果你是喜欢猎户座的折尾老弟本人，就说说关于猎户座的知识吧。”

折尾看上去稍显慌乱，又有点生气。“这样说太失礼了吧？你在耍我吗？”

“少废话，快说！如果是折尾本人，应该很了解猎户座才对。”

我对绑匪突然说出的“猎户座”这个词困惑不已，也没办法插话。夏之目科长依旧面无表情，大岛则像在怀疑什么似的皱起了眉头。

“猎户座有两颗一等星，参宿四和参宿七。”折尾不情不愿地说。

“很好。”绑匪稍稍提高了声音，看来仅凭这一点就能认定对方是折尾本人，“好像可以说你就是本人。”

“这是什么说法？”

“咨询师的说法。”

“你在耍我吗？”

“你知道我为什么找你吧？你可真行，胆子够大的！总之，我得带你走。”

你可真行？带你走？去哪里？我紧紧盯着折尾，不放过他的任何表情变化。

“喂，你叫夏之目，对吧？科长先生，你在听吗？现在马上带那个折尾来交换这边的人质。”

夏之目科长从折尾手中接过手机。“这个折尾先生和那边的人质交换？”

“全家，不行吗？”

“也不是不行。”夏之目科长立刻回应道。不能用语言直接否定绑匪的想法和要求，这是谈判专家的常识。因为说了“可是”“不过”“然而”这种连词而激怒绑匪的例子并不少见。最重要的是接受对方的话。

我窥探着折尾的表情。他扶着眼镜腿，露出一副吃惊的神色。未经商量，他就突然成了人质交换的主角，也难怪会吃惊。我突然想起学生时代读过的《奔跑吧！梅洛斯》。在那本书的开头，梅洛斯即将被狡诈的暴君杀害时说：“我想为妹妹举行婚礼，请给我三天自由。作为交换，我的朋友赛利奴提乌斯留在这里。如果我没有遵守约定，请绞死他。”在赛利奴提乌斯不在场的情况下，梅洛斯擅自做出了这样的决定。如果成为人质的赛利奴提乌斯说“我愿意顶替他，让梅洛斯走吧”也就罢了，可偏偏是梅洛斯自作主张。这不禁令人感慨：赛利奴提乌斯的脾气也太好了。而现在，折尾身处的状况与此有几分相似：我们完全没征求他的意见，就在商量要用他交换人质。

“怎么交换比较好？”夏之目科长面对折尾，手心朝下按了按，意思是让他放心，保持冷静。我也在手边的纸上潦草地写下“策略而已”几个字。真想再补上一句：我们可不会像梅洛斯那样强人所难。

“让折尾来送食物。他一个人来。等他进了屋子，我就放了这家人。”绑匪说。

“明白了。想要什么食物？”夏之目科长立刻追问，“我们准备什么比较好？”

“你们能准备什么？”

“虽然我很想说什么都能准备，但最便捷的是便利店的盒饭和饭团。得考虑时间问题。”

“那就饭团吧。”

“要几个？”

绑匪沉默了片刻后说：“十到二十个吧。不，再多来点。只要饭团，不要别的。”

夏之目科长又一一确认饭团用什么装，是塑料袋还是平底盒；要什么口味的，鳕鱼子还是鲑鱼等问题。这自然是为了拖延时间。

"要是你们有任何可疑的举动，人质就没命了！"最后，绑匪总结道，"三十分钟内准备好，好了给我打电话！"

与绑匪的通话就此结束。"请等一下！我成了人质吗？"折尾提高音量，对夏之目科长抗议道，"为什么？连个解释都没有？"

"您也听到了，人家指名要您过去。"夏之目科长开玩笑般说道，"我们还想听您解释呢。"

"解释什么？"

"您和绑匪的关系。对方似乎非常了解您。"

"那不过是他的一面之词。"折尾的反应很不自然。我判断不出他是在装傻，还是仅因害怕而慌乱。

"对方提到了猎户座。"

"认识我的人都知道我对星座，尤其是猎户座很了解。也许他是从哪里听说了吧。"

"而且刚巧就是猎户座。"

折尾的表情顿时僵住了。可以说，这是我见到他之后，第一次看到他神色如此紧张。"你们可别小看猎户座，它可以说是最有名的星座。"

"形状像把勺子？"大岛问。

"那是北斗七星。"

见折尾立刻否定，我忍不住说："也不怎么有名嘛。"

"不，请一定听我说。"我们的反应似乎启动了折尾表达欲的开关。他舔舔嘴唇，好像要朗诵一篇写好的大作，开始讲道："套用猎户座的形状，能明白很多事情。比如，”他迅速从口袋中掏出一张纸，片刻后我们才看清那是一张仙台市的地图，“以仙台站为起点……”不知何时，他又掏出一支细签字笔，准备在地图上画点。

“先不用说这些。”要不是夏之目科长冷静地制止折尾，他恐怕要在地图上画起星座。“折尾先生，现在我们分秒必争。人质正处于危险之中，我们想先请您说出您知道的一切。”

折尾好像对猎户座以外的话题一概不感兴趣，他明显降低了音调。“我觉得没必要说。”

“喂，你开什么玩笑！”大岛说话有些粗鲁，“你有没有搞错？这关系到人质的性命，不是一句不想说就能糊弄过去的。”

“和我又没有关系。”

“我不这么认为。”我实在沉默不下去了。以现在的情形看，很难说事情与折尾无关。“绑匪指名要找你。”

“可我完全不了解状况，根本不知道该怎么办。”

“怎么可能和你没关系！”大岛又生气了。

“好了，好了。”夏之目科长像安抚马驹一样对大岛说完，又说道，“折尾先生，请您听好。人质现在正陷入恐慌，可以请您协助我们的工作吗？”

“你是说让我当人质，让我陷入恐慌？你说的我都明白，也能理解各位的立场。我知道你们很辛苦，可有必要让我这个普通人去冒险吗？”

折尾的话不无道理，但要让我说真心话，我还是觉得折尾恐怕和绑匪有关系。也就是说，他不是个普通人，而是在犯罪者的世界生存的人。进一步说，他很可能和这次的绑架案有不小的关系。比起一个毫不相干的普通人，他难道不应该成为人质吗？这些话我自然不能说出口。就算折尾真的和绑匪有牵连，也不能说。人的生命是同等重要的。

“我们当然不会让折尾先生成为人质。只是，如果不送食物过去，可能会激怒绑匪。一旦他生气，人质就危险了。”

“请认真思考一下。”折尾提高了音量，“你觉得一个普通家庭住的房子里会没有食物吗？”

说得也是，我心想。

“所以那就是个借口，为了把我引过去而已。”

或许确实如此。

片刻后，一名队员拉开车门，从外面探进头来。“已经确认过来电人的位置，确实在那栋房子里。”

折尾突然抬起头，显得十分意外。“反向搜索吗？你们还会特意追查绑匪的电话？”

我明白他为什么会有这样的疑问。他认为绑架案肯定就发生在那里。但我们还必须考虑到电话可能是从别处打来的。这种可能性很小，但也不是没有。

大家常常有一个误解，以为要尽可能拖延通话时间，才能便于确认对方的位置，像老刑侦片中演的那样。但现在已经没有必要。与采用模拟信号的时代不同，在如今这个数字时代，电话信号通过运营商的基站传输，便会留下记录。电话从哪里拨打的，信号经由哪个基站，都不用反向搜索就能查出。现在比较麻烦的是个人隐私保护和与运营商之间的信息交换，不过，在遇到紧急情况时，这些问题也可以稍后处理。这次我们已经联系过各大通信公司，请相关负责人在公司内随时待命，以便警方能及时获取信息。

“绑匪肯定是从那栋房子里打来电话的，是吗？”

“可能稍有偏差，但基本上没错。”

“警察可真厉害啊。”折尾丰一副深感佩服的神情。我竟然看不出他到底是太冷静还是太慌张。

差不多就在代理科长春日部感到吃惊的同时，仙台港附近的一间废弃仓库中，稻叶正在踢一个女人。

不能随便踢人或其他有生命的个体，这是常识。况且稻叶踢人时毫无愧色、异常冷漠，实在是不像话。

实在是不像话的稻叶究竟是何方人士？

这个姓氏是初次登场，想必有人会颇感困惑。登场人物越来越多，会导致故事杂乱无章。不过请不必担心，此人并不是一个全新的人物，他就是前面提到过的绑架集团的创始人。

稻叶的年龄在三十五至四十岁之间，五官深邃，外表给人一种清爽的感觉，风度翩翩的样子就像创业公司的年轻老板。不，实际上完全可以称他为创业公司的年轻老板，他和其他人的区别只在于，他创办的事业是违法的。书中不时出现的人物介绍可能会令注重文学性的读者嗤之以鼻，但我就当文学观也是因人而异的，还是先简单介绍一下稻叶的来历。

在东京世田谷区长大的稻叶家庭环境优越。在成长的道路上，他充分利用了这一优势，无论学业、运动还是社交都非常重视效率，尽可能做到事半功倍。他本就聪明，没费什么力气便考进了名牌大学。他对诸如《白昼的死角》《青色时代》这种不受世俗法律约束、从无知者和弱者身上获取财富的故事最感兴趣，渐渐确信认真工作的人都是傻瓜。

稻叶最先涉足的是曾经风靡一时的汇款诈骗，并断定靠诈骗夺人钱财是个不错的行当，后来大获成功。

不管怎么提醒人们不要上当，人在突然接到声称自己是警察的电话时仍旧会不知所措。如果借机巧舌如簧地诱导一番，人们往往会乖乖给钱。

到手的钱多了，稻叶仍然不满足。这一切来得太轻而易举了。有人认为能轻易挣到钱就是幸福，但他不一样，他还想让别人多吃苦头。于是，他开始做绑架业务。绑架的罪名很重，但正因如此，如果成功了，就能证明他的实力。这便是他的想法。

稻叶确实实力过人。他善于寻找能成为自己左膀右臂的人，并形成集团，在工作中严格分工、制定规范，一旦有人失手就给予严惩，令所有人都必须保持紧张感。他还充分发挥天生的高智商和施虐的本性，将集团顺利发展壮大。看了稻叶的经历，简直不得不叹息：这样的能力如果能用来造福社会该有多好！

为了追求更大的利益，稻叶开始和海外集团交易。如果不是因为业务内容违法，他应该出现在跟拍成功人士日常生活的纪实节目中。而现在，他正在仓库里，耳朵紧贴着手机，不停重复道："没问题。没问题。来得及。"

电话那边是稻叶集团的一名资深员工，也是稻叶的左膀右臂之一。当然，稻叶可能只当他是右手的一根手指，但总之，他就是一个得到稻叶如此信任的男人。此人负责海外业务。"要是明天早上之前钱没汇过去就完了。我在看电视。照现在的情况来看，无论如何也赶不上吧？他已经被完全包围了。稻叶先生，您也在看电视吗？"

"嗯，观战中。"稻叶看着身旁的工作台，笔记本电脑上正在直播绑架案。

"被警察团团包围，兔田连脱身都难吧。这家伙真是个笨蛋。"

"要不是因为他是笨蛋，这次也不会用他。不过，他说一定会想办法转移警方的注意，跑出来，让我们一定要等到最后。"

"一定要等到最后？他的意思是别动他心爱的新婚妻子吗？"

"真是个妻奴。"稻叶瞥了一眼被自己狠狠殴打过的兔田绵子，"我都要被感动哭了。"他仍旧把手机贴在耳边，朝被绑在墙角的女人走去，她就是兔田孝则的新婚爱妻绵子。稻叶对着绵子用力踢了一脚。绵子没有任何反应，因为她已经疲惫到无力发出惨叫了。她的双手被反绑在背后，手腕被锁链固定在墙壁上，眼皮肿胀、满脸瘀青，小松鼠般可爱的脸蛋肿成了几倍大。

惨不忍睹。

没有比弱者被强者欺凌更令人难受的场景了。我实在不忍细细描述,但为了表现案情的紧迫,只能继续写下去。或许这就和《悲惨世界》中，少女珂赛特的母亲芳汀为了女儿卖头发、卖牙齿甚至卖身的过程是一样的。不忍心看的读者，请眯起眼睛往下看吧。

“稻叶先生，我们现在只能等，对吧？兔田还没有找到折尾吧？”

稻叶看了一眼工作台上的笔记本电脑。屏幕上除了正在播放的电视画面，还有一张地图。地图上显示的是仙台市 North Town 住宅区的某块区域，其上还有两个发光的白点，仿佛在说：我在这里！一个白点代表兔田的位置，另一个则是兔田偷偷放在折尾包中的 GPS 定位器的位置。

代表着追踪目标的两个白点，几乎重合在像是某个住户家的地方。

“这是什么时候搜索到的信息？”稻叶问在场的部下。

“就是刚才。”

包括智能手机在内，大部分定位搜索装置都可以主动搜索以获取对方的位置信息。如果光盯着地图而不进行任何操作，画面上的点则不会变化，只是一个被放任不管的历史位置而已，毫无实时性可言。想知道对方现在的位置就需要定时搜索，所以稻叶从刚才开始就没停过。他每次都期待白点不要再显示在那栋房子上，但出现在眼前的地图，除了在误差范围内略有偏差，几乎毫无变化。从电视上的直播来看，双方处于胶着状态，这也是理所应当的结果，但盯着地图的稻叶还是不免焦虑起来。

稻叶将手机凑近嘴边："兔田根据搜索到的定位进了那栋房子，却只找到了一个GPS定位器。折尾折尾不在那里。"

"会不会藏在房子里的什么地方了？"

"谁知道。我命令他好好搜一搜。"

"兔田打算怎么找到折尾折尾呢？不离开那栋房子，他就毫无办法。"

"他说他会有办法。"

"听上去他想破罐子破摔。"

"我也这么觉得。"反正已经来不及了，既然无法救出妻子，干脆拖到最后一秒，让稻叶无计可施。有这种和稻叶同归于尽的想法不足为奇。"不过他说他有办法脱身。"

"在那种情况下？警察可都围着呢。"

"他好像有办法。"

"是利用人质吗？"

"或许是做什么交易。那家伙说被人质击伤了喉咙。他一说话就像要出血似的，声音很难听。他还说当时火冒三丈，差点开枪，最后还是打消了这个念头。"

"为什么？"

"这点冷静，他还是有的。"

"反过来说，他或许只剩下这点冷静了。看来应该丢弃兔田了。"

“这个简单。”兔田成了绑匪，且已经太过显眼，和他切断关系是上策，也不必再费劲留着兔田的妻子，但稻叶还抱有一丝希望。“不过，那家伙说他对找折尾折尾这事已经有了眉目。”

“您相信他吗？”

“他坚持说，只要离开那里立刻就能找到，让我们再等等。”

“他是在拖延时间吧？”

“刚才警察赶到之前，我对他说‘你或许找不到折尾’。为什么呢？因为猎户座下面是天兔座，天兔座一动，猎户座也会动，是追不上的。”

“您的意思是，兔田代表天兔座？”

“天兔曾是猎户的猎物……啊，我也是从折尾折尾那里听来的。”

“那个男人只要说到星座，不管对方是谁，都会说个没完。”

“要是在仙台市某个地方开设猎户座讲座，马上就能找到他。总之，我们确实没有别的办法能找到折尾，所以可以再等等兔田。”

“那家伙如果被警察逮捕，不会供出我们吗？”

“就是为了避免这种事，我们才——”把兔田的妻子抓起来。如果对警察说了些不该说的，妻子将有危险——这一点兔田应该不难想到。“好了，我一会儿再联系你。”

“那个，稻叶先生……”这个看似寻常的称呼中，透出一丝怯意。

“什么？”

“可以告诉我您的电话号码吗？我这样一直等您的电话，效率不太高。”

“效率基本不会变，因为只能我给你打电话。”

稻叶不喜欢别人给他打电话。

电话会无视接听者的计划和意愿，突然打进来。如果不方便接，不予理会即可，但来电依然会在历史记录中留下痕迹。就算保持沉默，也能感受到那种“如果看到了，给我回电”的压力。这对于讨厌被别人控制的稻叶而言，完全难以忍受。为了让对方明白自己的立场，稻叶坚持任何时候都要自己主动打电话，而别人就老老实实地等他的电话吧。和随时都能通话的对象相比，只在特定时间才能通话的对象更受人重视。

“现在可不是闲聊的时候。要是有急事，你就发邮件吧。我会再打给你。”

可以发邮件，为什么不能打电话呢？对方似乎感到很纳闷。

稻叶先发制人：“邮件我可以想看的时候再看，也可以不看。”无论情况多紧急，一旦告诉了对方电话号码，以后对方就有可能打来电话，而邮箱地址则可以说不用就不用。

稻叶挂断电话，看了看手表。每次看时间时，这块价格近一千万日元的手表都能充分满足他的自尊心，但在逐渐接近截止时间的现在，它只会让稻叶更加焦躁。

笔记本电脑的屏幕上播放着电视节目。或许是不能一直直播绑架案，电视台已经开始播综艺节目了。这可不妙，稻叶切换了频道，屏幕上再次出现绑架案现场的画面。

仓库里还有两个部下。其中瘦的那个说道：“现在就连职业棒球比赛也不怎么用地面数字电视播放了。”

仓库里的灯光很亮，水泥地面却是冰冷的。一阵低语声响起，只见是兔田绵子颤动着沾满鲜血的嘴唇在说话。

“你说什么？”稻叶问。

“孝则会遵守约定的。”她说。

“啊？什么？”稻叶故意反问，“我没听清，你再说清楚点！”

“我说，孝则会来救我的。”

稻叶耸了耸肩。“哦，你说兔田啊。我也希望如此，正等他来呢。”这并非假话，稻叶衷心盼望兔田能带着折尾折尾一起过来。他还不至于恨兔田，即便兔田最近有些松懈，工作上经常出错。只是因为需要有人拼尽全力找到折尾折尾，他才判断用新婚妻子来威胁兔田是最快且最有效的办法。

“你根本就没打算让我平安回去吧？”

“别把我当骗子。之所以带你来仙台，就是想把你完整地还给兔田。你说是吧？”

兔田绵子没有说话，看来她也接受这个说法。确实，如果不打算交还，只要把她监禁在东京就行了。

“我想尽快把你还给兔田。兔田夫妻相拥而泣的感人场面，我也想看看。”

不用说也知道，什么夫妻相拥而泣的感人场面完全是一派胡言。把绵子带到仙台，只是方便稻叶他们行事。

几天前，集团得到折尾折尾在仙台的消息。一家在全国各地开设连锁店的网咖的服务器管理员中有内应，因此集团能获得仙台店的顾客信息。为什么折尾折尾会去仙台？据调查得知，他初中时曾在仙台待过一段时间。难以想象他在这里人脉广泛，不过，他或许认为在自己熟悉的地盘上比较容易藏身。于是，兔田立刻被命令前往仙台，且在找到折尾折尾之前，不能回东京。

就算兔田在仙台找到了折尾折尾，他也很有可能说："不把我老婆还给我，我是不会交出折尾的。"到那个时候，可没有时间说些花言巧语来说服兔田。为了能立刻用兔田的妻子交换折尾折尾，只得把人质绵子带到仙台。因为还有时间限制，容不得半点闪失，最后稻叶只好亲自出马。

"你的孝则能快点来就好了。"稻叶冷冷地看着绵子说。看到绵子眼中闪出一丝亮光，他感到很不爽，用鞋尖对着绵子又踢了一脚。折磨他人肉体的快感在稻叶体内游走，兔田绵子则因疼痛而面部扭曲。这令人难受的场面，实在沉重。

绵子痛苦的表情让稻叶大为兴奋，他靠近绵子，扇起了巴掌。绵子的脸颊已经肿胀不堪，再挨打似乎就要碎了。

这时，稻叶突然想到了什么。

当兔田拼尽全力把折尾带来，看到他的新婚妻子却是这副样子时，会是什么表情呢？

不是说过不要动她吗——兔田肯定很生气。

可是，他生气也无济于事。网购的商品无论包装多么破烂，如果是不能退换的重要物品，再不情愿也只能收下，认为能收到货就很开心了。

你不想要的话，我自行处理——我可以这么说。稻叶想象着兔田愤怒又无奈的脸，感到一阵痛快。

如上所述，仙台港附近的仓库中正是一个悲惨绝望的场面，不过会这样想是因为将自己代入了兔田夫妇的角色。冷静想想，兔田孝则平时将绑架来的人质运到监禁地点，做着惨无人道的工作，他其实并不是什么清白无辜的良民。非但不是，他根本就是恶势力的一部分。奉劝诸位在看待他时，大可不必觉得他真可怜。顺便说一下，绵子对兔田的工作内容一无所知，我们应该发自肺腑地感叹她真可怜。

另一方面，在现场认真工作的代理科长春日部现在又是什么情况呢？

折尾这个男人，我实在觉得可疑。虽然才刚见到他，我却觉得这个人完全不可信。他怎么看也不像个普通人，这样的人竟然也能当咨询师。对于卷入绑架案，他确实有些不知所措，但仍一副目中无人的样子，喋喋不休道："有这么不讲理的做法吗？为什么要让我当人质？我从没听说过这么过分的事情！你们有法律依据吗？"我有一种越来越强烈的预感：应付这种危险局面，他是不是早已轻车熟路？

车内，大岛他们已经从便利店买来饭团，并根据绑匪的要求，把饭团放入了塑料袋。

"要是您能把这个拿过去……"夏之目科长指着袋子说。

"哎，我说，这样没问题吗？"折尾面无表情地问，"竟然让一个普通市民去做这么危险的工作？"

他问得没错，这样确实有问题。无论绑匪如何要求，让普通人和绑匪接触都过于危险了。

“你的意思是，那些人质的价值和我的不一样？”

你恐怕不是普通市民吧——我真想这么说，但强忍了下来。

夏之目科长说：“人质有三个人，折尾先生是一个人，这个交易条件还不错。”他又立刻解释道，“开玩笑的。对我们而言，普通市民人人平等，都是我们保护的对象。在电影中，会看到警察为了解救被抓走的同伴而深入敌区，结果牺牲了更多同伴，那完全是本末倒置。身为警察，我们不能强行拒绝绑匪的要求。接受是接受了，我们会尽最大努力来保护您的安全。”

“怎么保护？”折尾向前探身。也许他想说的是：你们根本做不到吧？连我都在想，到底该怎么做。

“解释不如动手快。”夏之目科长随即拿起手机拨打电话，“有时候就是这样。”我正想着他要给谁打电话时，夏之目科长已经开口道：“我们按照你说的准备好了食物，怎么送过去？”

对方沉默了一会儿。

交接物品的时机，也是我方的机会。

在足球和篮球的比赛中，当对方全神贯注坚守己方阵地时，我方难以找到机会突破。同样，当绑匪蹲守在房间里时，警察也很难找到突破口。行动时，只有打破常规，才可能带来转机，其中一个方法便是利用在出入口处开门关门的时机。

绑匪为了拿到想要的东西会怎样做呢？他的选择其实并不是

很多。要么把东西放在门外，自己去取；要么让我方的人把东西拿进去。

同意对方进入自己的领地，哪怕只是踏入一步，防守也很可能被强行突破，从而使外面的人闯入。所以，绑匪一般会选择自己去取，或派人质取。

“让折尾拿着东西过来，叫他进来！”绑匪在电话里说。

我和夏之目科长对视了一眼。

绑匪的目标并不是食物，而是拿着食物的折尾。刚才他已经主动表明了这一点：只要能用人质交换折尾就行。

就算是我们让折尾把食物送过去的，如果折尾进入门内就太危险了，他很可能有去无回。

“这可不好办。”夏之目科长回答。拒绝绑匪的要求时，难以预测会在多大程度上刺激到绑匪，因此总是令人感到一丝紧张。

绑匪对此似乎并不在意。“你们听着，那个折尾和我一样，不是什么正经人，干的也不是什么正经工作。同他相比，成了人质的这一家人可是和这次的事毫无关系。”

“我倒希望你能同情一下和这次的事毫无关系的一家人，”夏之目科长说，“但你也做不到吧。”

“他们运气不好，和我一样。”

“和你一样？”

“用这里的人质交换折尾，怎么看都很划算的。就好像我收下光干坏事的老鼠，再还给你可爱的猫咪一家。”

“交出杰瑞，归还汤姆，倒霉的反而是杰瑞。”

“总之，让折尾过来。他敲门我就开。”

“我当然也想按你的方案来。”夏之目科长不紧不慢地说，“但这样会出大麻烦的。”

如果遵从绑匪的要求，令普通人陷入了危险，民众和媒体肯定会大肆批评我们：警察在干什么！你们得靠自己想办法啊！

民众和媒体！

我真想放声呐喊：我们带给民众和媒体什么困扰了？如果是渎职，大家可以骂我们，可我们这么做只是想尽可能减少损失。对此横加指责，到底谁能得到好处？真是的！怒火在我体内熊熊燃烧，我只能强忍着。

绑匪仿佛感应到了我的想法。“你们也不容易。”他说，“明明是为社会服务，民众和媒体却站在毫不相干的立场上挑你们的刺。”

“很高兴能得到你的理解。我们这边的人都在互相擦眼泪呢。”

夏之目科长的玩笑不会激怒对方吧？我思忖着。可能他说这话时也抱着赌一把的心情，幸运的是，绑匪笑了笑。

“顺便问一下，当然，这只是假设，”夏之目科长说，“用折尾来交换人质后，你有什么打算？总不能永远躲在那栋房子里，我们终究会突破进去的。”

“在其他人眼里，折尾就是个普通人。就算他刚成为人质，警察就及时突破进来，还是很成问题吧？”话音刚落，绑匪便咳了两声，恨恨地说，“嗓子好疼！”

“话是这么说，但我们不能一直干等着。”

“你们别管之后的事。对我来说，只要折尾来了就行。”

“难道这位折尾先生会施展让你脱身的魔法？”夏之目科长说完看向折尾，似乎在对将折尾当作开玩笑的对象表示抱歉。但不知折尾是否明白眼前的情况，只见他表情呆滞地凝视着半空。

“没错，折尾能帮到我们。他本人或许并没有这个打算，但对我们来说，他是救命之神。”

这个折尾到底有什么神奇之处？

“我和他一起过去，如何？”夏之目科长说，“折尾拿着食物过去，我同行，万一遇到危险——”

“不管危不危险，反正我要把折尾拉进来！”

“那我就难办了。”

“没得谈了。我这么和你说话，你就以为我是个好人吗？别把我逼急了。要是不让折尾过来，我就把这里的人质一个个从房顶上扔下去。你就在电视上看直播吧，到时候可了不得。”

“你之所以把电视台的人叫来——”

“就是为了这个，我需要目击者。”

“啊，对了，关于这件事，”夏之目科长不像在演戏，而是真的一副刚刚想起来的样子，“按照你的要求，电视上正在直播，但他们也有他们的事要忙。”

直播绑架案，这种节目能吸引人们的注意力，从电视台的角度看，收视率有所提高自然是好事。如果播放的是案件的决定性瞬间倒还不错，但像这种拉锯状态的场面其实很无趣。观众们已经慢慢意识到了这一点。随着时间一分一秒地流逝，各电视台就像上课上腻了的小学生，越来越坐不住了。

对电视直播一事，我们一直没给什么好脸色。最初，电视台还会以“这是绑匪的要求”为由，对我们摆出一副理直气壮的样子，但后来，他们渐渐难掩不满之色：到底要直播到什么时候啊？要说他们任性，真是无可厚非，但他们的苦衷也不难理解。

“应该感谢电视台的不是我，而是你们。如果停止直播，人质还不知会怎样呢。”

“如果停止，你就杀了人质？可真是够狠的。”

“我不会杀他们。即使停止直播也不会，只是会让他们吃点苦头，让你们听听人质痛苦的叫声。到时候，电视台可不能说他们没责任。”

“我明白了，请你不要这样做。”夏之目科长立刻说，“我们不希望事情演变成那样。不过，电视台的想法我们也不清楚。就算每个人都是好人，聚成集团或公司时，也要优先考虑伦理和道德以外的一些东西。也许他们会放弃直播，改为播放电视剧。”

“那真是对不住每周都把节目录下来看的那些人了。”

“所以我想和你商量一下，到时用网络直播如何？在全国各电视台同时直播有点困难，但如果要了解周围的情况，可以利用网络。既然你的目的也是如此，那只要能看到影像应该就没有问题。”

绑匪陷入沉默，过了一会儿才说：“说得也是。”

这个主意不错。我们不好去控制电视台，但自己花钱就能做到网络转播，这样一来也灵活多了。

“不过，我不太懂网络转播什么的，尽量让电视台播吧。网络可以作为最后的备选。”

“我明白了。”夏之目科长立刻答道，“对了，我们刚才在说什么来着？哦，对，让折尾送食物的事情。”

“让他送来！”

“我们不能轻易答应你。”

“别兜圈子了！我都说了，折尾折尾不是普通人，你们不用管那么多。”

“不是这个。我们在想你和折尾是不是同伙。”夏之目科长好像想到了从另一个角度来说服绑匪的方法。

折尾依旧一副无动于衷的样子，也不见一丝怒意。

“同伙？什么意思？”

“把折尾引入家中，这本来就是你的战术吧？”

“没错，我要抓住折尾，这就是我本来的目的。”

“不，不是这个意思。我是说，折尾是不是要交给你什么东西？”

“交给我东西？什么东西？”

“我不知道。但让折尾和你见面，人质会不会因此更危险，事态会不会因此更严重，这些我们都无法确定。”

“你想多了。”

“说不定，折尾手中有能让你脱身的工具。”

“工具？比如什么？”

“我不知道。比如，有助于挟持人质的工具？”

“有助于挟持人质的工具？比如什么？”

“我也不知道。”对于绑匪的问题，夏之目科长一律回答“不知道”，“我只是必须要考虑到这种可能。”

“折尾折尾来，对人质有好处。他们能离开这里，我也能得救。”

“得救？现在你希望得救？”

绑匪第一次语塞。也许他正在烦恼是否应该将事情和盘托出。难道他也有不得已的苦衷？当然，挟持人质不会有什么正当理由，但如果他有话想告诉我们，就让他痛快地说，这样既可以缓解他的情绪，说不定还能找到突破口。

“总之，如果不让折尾折尾过来，状况只会更糟。我继续挟持，人质也越来越难受，对吧？”

“不过——”

“那这样吧，”绑匪有些着急了，“来之前，你们给折尾折尾仔细搜身不就行了？看他带没带多余的东西，或是能帮到我的东西。”

这次轮到夏之目科长沉默了。他紧紧抿住嘴唇，沉思般环视着四周。看他的神情，并不是在征求别人的意见，但我还是拿起笔，在旁边的纸上写道：“要先和人质说话吗？”

夏之目科长点了点头。“对了，人质没事吧？如果可以，我想听听他们的声音。”

“刚才不是让你们听了吗？”

“是的，但我们看不到你们那边的情况，有些担心。虽说只过了一小会儿，还是放心不下。我当然相信你，可有很多人并不这样想，而且我还得考虑上面的人。所以，可以请你让佐藤家的人接电话吗？”

这个请求似乎让绑匪颇为苦恼，电话里传来他粗重的呼吸声。

我和夏之目科长对视了一眼。警方还在交涉，而人质已经丧命，这种最糟糕的情况在过去的绑架案中出现过，而且次数不算少，一定要尽力避免。

“喂、喂……”电话那边传来声音，“我是佐藤，佐藤勇介。”

“勇介，太好了，情况没什么变化吧？”

“啊，嗯。”

他的声音很小，但听上去并不虚弱。我松了口气。

“吃饭、上厕所也没有不方便吧？”

“说不方便的话，是不太方便，勉强算还可以吧。”

“我们会尽快把食物送过去，请放心。”

“好的，我相信你们。”

这句话令我为之一震：深陷困境的人相信我们能帮助他们，我们决不能辜负这样的期望。

“呃……”佐藤勇介的声音变了一下，更加小声地嗫嚅道，“可能，还有其他人。”

“你是说还有其他人吗，还有谁？”

“给这个人下命令的人。”

“下命令？意思是有共犯吗？”

“可能吧。他很在意对方。”

绑匪现在应该不在他旁边，他正想方设法向我们传递信息。

“可能还有其他身陷危险的人。”

“其他人？什么意思？”

“就是——”佐藤勇介刚说到这里，就传来了绑匪的声音，将他的声音盖了过去。

“喂，够了！你没说什么废话吧？”绑匪又对着电话说，“这样行了吧？快点送食物过来，别磨磨蹭蹭的！”

“请稍等。”夏之目科长露出了诚恳的表情，希望对方能隔着电话感受到我们的诚意，“请再等一会儿，我们需要时间商量和准备。”

“你觉得我会特意给警察留出商量和准备的时间？”

“打棒球时，在对方站到防守位置之前，是不能展开进攻的。”

“那踢足球会等对方布防好之后再进攻吗？”

“任意球的时候会。”

电话挂断了。

“看来用运动打比方不太合适啊。”夏之目科长看着手机，开玩笑般说道。

“我看对方并没有那么生气。”站在绑匪的角度来看，这么没完没了地说下去，会感到不安吧。他害怕被我们牵着鼻子走，所以赶紧挂断了电话。

“现在该怎么办？”

“该怎么办？”夏之目科长重重地叹了口气，转过头，“折尾先生，您认为该怎么办？”

“你问我，我也不知道。”

“刚才那个年轻的人质说，还有共犯。”夏之目科长说。

“是啊。”我回应道。

夏之目科长可能是想听折尾的回答，又说道：“是这么说的吧？”

“你有什么线索吗？”

“没有。我不是说过吗？我什么都不知道。”折尾露出不自然的假笑，使劲摆了摆手。

“折尾先生，您知道吗？这是一起重大案件，攸关人命。”也许夏之目科长认为现在到了决定胜负的关键时刻吧，即使是一向不紧不慢的他，语气也开始严厉起来。他看看四周，向我递了个眼色后，继续说道：“折尾先生，就算您从事过违法活动，我们也不会追究。”

折尾抬起头，我感觉鱼要上钩了。原来他在意的是这一点。他现在正在确认我们的诚意，也许他一直在试探我们能做出多大的让步。

夏之目科长也注意到了折尾的变化。见机不可失，他追问道：“怎么样？我们只想救出人质，而您掌握的信息也许能帮到我们。

这样的话，有些事我们可以睁一只眼闭一只眼。”

从现实层面来说，如果折尾曾有某种犯罪行为，我们并不能保证会放过他，类似辩诉交易的机制也还没有正式介入。不过就这件事来说，我们的风险并不大：如果折尾没有犯罪，自然不成问题；反之，则不必遵守与一个嫌疑人的约定。无论事态如何发展，我们都不会输。

已经没有时间了，现在只等折尾的一句话。有时，沉默胜过百般催促。

“我知道了。”折尾终于开口了，依旧笑容僵硬。“我不是很清楚这个绑匪的身份。不过，他可能和那个犯罪集团有关。”

我仿佛听到一扇沉重的门开启的声音。夏之目科长的表情没有变化。我很担心一旁的大岛说出什么多余的话，好在他闭口不言，看来也明白现在是关键时刻。

“犯罪集团？除了绑匪，还有其他犯罪集团？”

“其他的意思是，二者之间并非没有关系。”

“原来如此。”

“各位或许注意到了，刚才的电话中，绑匪中途突然改口说了‘我们’。”大岛看向了我。

我自然注意到了这一点。绑匪说的是：“但对我们来说，他是救命之神。”

“他说的‘我们’，也许包括人质吧。”夏之目科长用试探的口气缓缓说道。

“不，他应该是那个集团的人，一个危险集团。”

“非法的？”我低声问。

“是的。”

“折尾先生，你该不会就是那个集团的咨询师吧？”大岛向来不管是否失礼，想到什么就说什么，这是他的优点。至于结果是安打还是界外球，全看具体情况。看来这次是安打。

折尾一下子僵住了，随即露出了极不自然的笑容。我甚至觉得这是我第一次看到这么不自然的笑容。

“不，我和那个集团没有关系。”

这真是令人难以置信。

他难道没有察觉到我们的想法吗？还是说正因为察觉到了，才刻意掩饰？只见他再次展开手边的地图。“或许可以查出他的同伙在什么地方。”

“既然你知道，就早说啊！”大岛嚷道。

“我不知道，但只要运用猎户座的形状——”

眼看大岛就要冲折尾怒吼“你开什么玩笑”，我急忙制止住了他。其实，我心中也在怒吼：你开什么玩笑！

折尾仿佛早已习惯周围人这样的反应，他丝毫不为所动，开始讲道：“可以把发生绑架案的地点当作参宿四。”他似乎想起了什么，又补充说，“参宿四或许已经爆炸了，只是我们从地球上看不见而已。”

这让我想起以前上警察学校时，老师必定会在相同课本的相同地方讲相同的冷笑话。就像在背得滚瓜烂熟的脚本中终于等到了能大显身手的情节，折尾滔滔不绝地讲了起来。

他不会真的要开始星座占卜了吧？我担心起来。

暂且先不提感到担心的代理科长春日部了，看看那栋房子里的情况吧。之前讲到哪里了？就从兔田逼问勇介的母亲“说！这家伙根本不是父亲，对吧”这个场景开始吧。

那时，警察尚未到达现场，时间线尚未推进到 SIT 的夏之目科长和春日部代理科长在场的节点。现在必须得以跑步的速度说明，才能赶快追上目前的进度。

“好吧，我说实话。”黑泽之所以这么说，是因为他意识到谎言已经编不下去了。

兔田目露凶光。“你是说，刚才你说的都不是实话？”

“确实不是。”

“你敢耍我！”兔田勃然大怒。

黑泽却不以为然。“我没在开玩笑，也并不打算耍你。你这么生气也于事无补。难道我们不应该冷静下来，寻求解决办法吗？”

在黑泽看来，兔田过于激动了。从他刚才的话中便能感觉到，他已经被时限逼得焦头烂额。

“你只要找到照片上那个男人就行，是不是？”黑泽已经不必再装出普通人面对绑匪时的恐惧模样，恢复了往常说话的语气。面对他这副准备开始平等交易的态度，兔田却自乱阵脚，只说了一句：“你！”说完，他半晌说不出话来。

“现在，我们得找到一个对双方都有利的折中点。一直这么绑着我们，事情就无法推进，你也明白吧？这栋房子里没有你要找的那个男人，估计只是GPS定位器在这里而已。”黑泽苦口婆心地劝道，接着不禁喃喃自语，“啊，原来如此……”

“原来如此？什么意思？”

黑泽看了看身旁的勇介和勇介的母亲。二人不知接下来会发生什么，只得紧紧盯着黑泽，仿佛连他身上的一只跳蚤也不会看漏。从他们的脸上甚至能看到“不安”两个大字。

兔田不但没有冷静下来，反而更加激动了。他来回挥舞着手枪，仿佛那是他无法控制住的性器，眼睛里布满血丝。

黑泽暗道不妙，现在的情况真是伤脑筋。在他的人生中，很少遇到焦急的事、恐慌的事和高兴的事，倒是常常遇到伤脑筋的事。真是伤脑筋！这个人很可能不顾一切，直接开枪。如果真走到那一步，简直没有比那更麻烦的事情了。

“好了，我来说说我的情况。你先把枪放下。”

兔田停了下来，一脸狐疑地皱起眉头。

“我不是这家的人，这是实话。这对母子不认识我，这也是实话。我是来这里闯空门的。”

对于说出自己的职业，黑泽感到有点难为情，而且“闯空门”这种说法较为陈旧，缺乏深度。房间中顿时鸦雀无声。

“闯空门的意思是，你是小偷？”

“我既没用泥巴遮掩相貌，手上也没拿着棒子啊。”[①] 黑泽说。

看来，黑泽以为“小偷”这个词的词源是泥巴和棒子，但他不知道的是，这其实只是一种约定俗成的说法。看似无所不知、说话头头是道的黑泽，也并非完人。

“什么？你是偶然进到这栋房子里的？什么时候？你什么时候进来的？”兔田退后一步，警惕地看着黑泽。

“和你差不多同时进来的，我沿着房子后面的空调室外机和围栏爬上了二楼。”

“嗯——嗯——”勇介呻吟起来。看到他的反应，黑泽回应道：“没错，上锁了，但开锁也算是我的工作嘛。我到二楼的时候，上面一个人也没有，但我听到下面乱哄哄的。”

“你为什么不赶紧走？”

应该向对方透露多少呢？黑泽对此非常苦恼。“其实……”他并未停顿太久，因为再隐瞒下去只会更麻烦。现在，黑泽的脑海中只有一个念头：赶紧从眼前的麻烦事中脱身。

---

① 日语中，“小偷”一词的汉字写作“泥棒”。

“其实，我本来没打算进这栋房子，我来二楼只是为了取回一张纸。”

“纸？”

“我的同伴，”黑泽并不想称今村为“同伴”，但为了优先让对方理解只得如此。“他误闯入这栋房子，把一张纸落在了二楼。我只是来取回那张纸的。”

“什么纸？”

“在我屁股口袋里。”黑泽说。他想，还是展示实物最省事。

兔田举着枪，警惕地将手伸向黑泽背后，摸到口袋中确实有一张折起来的纸，一把取了出来。“这是什么？”

“但书，相当于收据吧。请别看那么仔细。”

“这是什么？”兔田皱起眉头。

“我进屋完成工作后，会留下这张纸。不过，我并没有在这栋房子里工作，纯属弄错了。”

“你是来取这张纸的？少骗人了。你傻吗？”

“我只想利索地解决问题。”

“你傻吗？”

黑泽并不在乎别人怎么评价他。“总之，我来二楼就是为了取回这张纸。接着你就来了，还用枪指着我。”

“那你为什么要装成父亲？”

“因为你那么说了，我想还是不要反抗比较好。你说什么就是什么吧。”黑泽觉得没必要用反抗的方式来亮明自己的真实身份。

“我不在乎这些小事。”

“那你倒在乎这张破纸！要是这对母子否认你的身份，你怎么办？”

“我赌他们会配合我。”虽然黑泽说的是“赌”，其实他有一定胜算，当然也有失算的地方。“可我没想到，这家的父亲会来电话。”

只见母子二人不时瞥向天花板，可能是听到黑泽从二楼闯入的事，感到太震惊了。

黑泽正琢磨着接下来该怎么办，试探般说道：“就是这么回事，我和这家人完全没有关系，能放我走了吗？”他能看出母子俩同时一惊，估计是想问：你要扔下我们不管了吗？黑泽有些意外：什么扔下不管，我又不认识你们，我就是个闯空门的。说起来，我不但不是你们的伙伴，还是你们的对头呢。一个与你们素不相识的闯空门的人，能帮到你们什么？不过，在这种情况下会完全失去冷静，这种只想依靠他人的心情也不是不能理解。

“不能！你傻吗？”兔田恼怒地说。

“可能吧。”这次黑泽倒是承认了。

“你还挺沉得住气，真以为我不敢开枪，是吧？”兔田怒目圆睁，眼睛中仿佛要伸出利爪，一把掐住黑泽。

“不，我知道你很着急。你来到这里后，一直在拼命努力。看到你这么认真，我无法反抗。我知道你急了会开枪，我也确实很害怕。”

“根本看不出你害怕。”

“我吃亏就吃亏在这一点上。”黑泽耸耸肩。

兔田觉得黑泽在说笑话。“你开什么玩笑！”他抬起右脚，朝双手被绑在身后的黑泽踢去。黑泽撞到了墙上。

几乎同一时刻的仙台港仓库内，暴虐无常的稻叶正在用尖头鞋猛踢绵子。很难说这是偶然还是天意。兔田施加的暴力，似乎分毫不差地和绵子所受的暴力对应了起来。为了让绵子少吃苦头，兔田应该注意自己的举止才是，但这一点，兔田无从得知。

“总之，你在找人，而且有时间限制，对吧？”黑泽说，“既然这样，你就别在这里和我们耗费时间了，赶快出去找那个男人吧。”

“我要是知道他在哪里，早就去了。”兔田看了看自己的手机，操作起来，似乎又在搜索定位。“他真的不在这栋房子里？捡到包什么的是你胡说的？那么，定位到底是从哪里发出来的？”

“在……”母亲战战兢兢地开了口，“在厨房的垃圾袋里。”

“什么在垃圾袋里？”

“我把那个包扔了，因为它掉在我家、家外面了……”母亲的声音略微提高了一点。她的话明显是在掩盖真相，黑泽在一旁静静听着，兔田则并未怀疑。

兔田咂了一下舌，立刻向厨房走去，但很快又回来了。“开什么玩笑！搞什么！”他叫嚷着，把看起来像是从垃圾袋里拎出来的包扔到地上，GPS 定位器从里面滚了出来。“可恶！可恶！”兔田痛骂着，几乎要当场跺起脚来。这副捶胸顿足的样子就像画里的场景。再也没办法找到折尾折尾了，这让兔田急火攻心。

“不好意思……”勇介的母亲犹豫着，似乎想安慰兔田。

“你闭嘴！”兔田在她的嘴上又贴上了胶带。

“不好意思，”黑泽接着说，“你能把刚才那张纸还给我吗？那是我的。如果不带回去，日后我还得跑一趟。”

兔田一脸“你开什么玩笑”的表情，气得直喘粗气。“现在我可没心思说这个！”

“我明白你的心情，但还是请你还给我。”黑泽的语气并不强硬，却透出一种不容置疑的力量。

兔田骂骂咧咧地把刚才那张纸又折成四折，放进了黑泽的屁股口袋。

这时，兔田口袋里的手机响了。他一惊，注意力马上转移到了手机上，黑泽的但书还没来得及完全放进口袋，眼看就要掉出来——既然已经说到这里，不妨告诉诸位，这张纸会在接下来的某个时刻真的掉出来——对此一无所知的兔田，摁下了手机的通话键。

兔田的神色透着愤怒和恐惧。黑泽一边观察兔田，一边猜测打来电话的是谁。是压他一头的人？而且还是他不甘心，但对方就是能压他一头的那种？

不愧是黑泽——此处应该补充一句，因为他的判断很准确。

兔田嘀嘀咕咕地说着什么，生怕黑泽他们听见。紧接着，他离开客厅，去了走廊。

“那个……”听见低语声，黑泽看了看旁边，是勇介。他嘴上的胶带掉了，不知是自己想办法弄掉的，还是恰好掉了下来。勇介小心翼翼地低声说：“你真的是闯空门的吗？”

“还假扮成了你父亲，不好意思啊。”

“啊，没什么。不过——”

“我以为撒个谎能糊弄过去，没想到你父亲会打来电话。”

“对不起。”

不需要道歉吧？“是我想得太简单了。”黑泽说。

“那个……”

“什么？”

“还有没有什么令你在意的事……”

“令我在意的事？”

“嗯。”说着，勇介向上瞟了一眼。

黑泽马上明白了，但他有预感，如果现在说那件事，就会没完没了。“令我在意的事可多了。”

“现在该怎么办呢？”勇介的声音小得就像纸张摩擦一般。

竟然和一名表明了闯空门身份的男子商量今后的行动。黑泽想说些什么讽刺一下，但眼下实在没那个闲工夫。说不定什么时候，兔田就会从走廊回来。“或许会一直这样僵持下去吧。”

“真愁人啊。”

“我也很发愁。照这样下去，很可能变成拉锯战。”

“真的吗？”

“我也不知道接下来会发生什么。只要那家伙不走，事情就不好办。对了，你家有吃的吗？”

“啊？”

“要是没有，等那家伙饿了，总得出去吧？”黑泽半开玩笑地说，“还是不可能吗？”

“哦，家里有蔬菜和肉，但不料理的话……”勇介说完，他的母亲点了点头。

难道这家的父亲这么苛刻，不允许在家里放方便食品？黑泽心想。

这时，走廊传来兔田的声音：“请再等一等，不要动绵子！我知道了，我会尽全力的。”

“那家伙似乎也很发愁呢。”黑泽看着走廊，平静地说。

“现在是什么情况？”

“估计有人命令他找到照片上那个男人。不知道他是被抓住了把柄，还是有人质在对方手上，看来那家伙也很着急。”

“是吗？”

“没必要同情他。他要拼尽全力，所以很可能会强攻。”

“那、那把枪，是真的吗？”勇介似乎十分慌张，言语间透露出对黑泽的依赖。

“我这个闯空门的，在这个国家都很少见到枪。”

“是吗？”

“估计是真枪。”

“果然如此。”勇介遗憾地叹了口气。如果黑泽说那把枪是假的，他也会相信吧。

“你父亲的那些东西，不是真的吧？”黑泽看向二楼。他说的是放在书架内侧的军事用品。

“嗯，”勇介根本笑不出来，“他喜欢玩真人 CS。”

“虽说只是爱好，那些东西还挺逼真的。”

“父亲玩得有些过火。”

“他有暴力倾向？”

“你怎么知道？”

“从你们的话里猜出来的。他在家里不会也玩真人 CS 吧？”

勇介一时没有说话，似乎在犹豫家丑该不该外扬。最终，他表情僵硬地说：“他常用气枪打母亲。”

父亲在家使用气枪的场景，在外人看来颇有喜剧效果，但对于日常受到气枪攻击的当事人来说，这样任人摆布的生活根本就是一场噩梦。

“他在外面一遇到不高兴的事，就借机发泄。”

“是嘛。”黑泽对此并没有特别的兴趣。

“严重的时候，还会用 smoke grenade。”

“那是什么？”黑泽对这个倒有些兴趣。

“一种会冒烟的手榴弹。有人对仿制品加以改造，出售的都是会冒烟的那种。”

“真有人买啊？”

此时，勇介的母亲不知为什么，突然决定现在就要行动。她自己肯定也不知道理由。也许是听他们提起父亲，压抑已久的郁闷心情突然爆发了，又或是她认为只有现在时机正好。她突然趴到地上，像尺蠖一样蠕动起来。兔田刚才把她的手机放到了地板上，要说粗心，兔田真是粗心到家了。她发现手机，并下定决心打电话报警。

请不要认为母亲在做无用功。刚才勇介确实失败了，但没人规定不能反复尝试。他们还是非常有可能成功的。

勇介转过头，睁大眼睛注视着母亲的一举一动。他好像立刻明白了母亲的意图，于是也趴了下来。他一定是觉得母亲的嘴巴被封着，说不了话，只能由他来说。

母亲的双手被绑在身后，只能背过手操作手机。她拼命扭着脖子，试图按下按键。

“要是那家伙回来了，请告诉我们一声。”勇介悄悄说。

黑泽并不觉得勇介在对他说话，因为这话说得好像他也是团队的一员，理应帮忙一样。他们什么时候成为同伴了？这时，勇介又加了一句：“拜托了。”黑泽于是回应道：“知道了。”无论如何，黑泽这个男人人品还不错。几乎就在同时，走廊突然传来兔田的声音：“知道了，知道了！”

勇介母亲的手一哆嗦，手机滑了一下。

黑泽望着这一幕。像往常一样，他对母子俩的共同作战并不感兴趣，只是在思考是否可以利用这家父亲的仿真军事用品打破现在的僵局。时刻都在思考对策，这就是黑泽的作风。

走廊里又响起兔田的声音。“我说了，不要动她！一切包在我身上。只要找到他不就行了吗？不管怎样，我一定会找到他。一有消息就告诉我，要不然我怎么找到折尾折尾……”听起来他已经难以抑制自己的感情，声音越来越大。

折尾折尾？黑泽把这个第一次听到的名字放入了记忆的口袋。

紧接着，兔田换成了客气的口吻：“有消息后，请告诉我。”

这是因为电话那边的稻叶刚才冷冰冰地说道：“你以为你在和谁说话？你的宝贝老婆现在可是在我手上。”

“如果没有消息，我就无法搜寻，所以，拜托您了。啊，您说什么？您饶了我吧！”兔田露出苦笑，语气中甚至透着悲壮。

他之所以这么说，是因为稻叶刚才说：“你或许找不到折尾折尾。猎户座下面是天兔座，天兔座一动，猎户座也会动。你这只兔子是追不上他的。”说到这里，稻叶才想起这些星座知识都是从折尾折尾那里现学现卖的，不由得皱起眉头。兔田和黑泽自然对此一无所知。

这个场景过去一段时间后，此刻，面对眼前的“星座知识讲座”，代理科长春日部也皱起了眉头。

“折尾先生，这些东西有什么意义吗？”就在我提问的同时，大岛说道：“喂喂！你开什么玩笑！”

在车上和我们相对而坐的折尾正盯着展开的地图，仿佛要舔上去似的。乍一看，他很像一位聪明的学者，但因神色可疑，又令人觉得这个家伙不好对付。

“我只是想找出嫌疑人的位置。”他的语气中甚至流露出一丝无可奈何的意味，好像在说：我明明是为了你们好，你们怎么能这么说话呢？

“你说的找，就是用铅笔在地图上滚来滚去？”大岛嘲讽道。

“你们听好了，这里相当于参宿四。”折尾指着地图上的某一点。我一看，这正是我们的所在地，即仙台市北郊的 North Town 附近。

“所以呢？”

“假设仙台站是参宿七，它在猎户座的右下方……”

看着折尾的手指在地图上移动，连我也焦急起来。“刚才你指的是我们所在的位置。退一百步，就算我接受你的说法，仙台站也和这个案子没有半点关系。你只是随便选了一个显眼的地方吧！”我是这么想的，也是这么说的。

哪怕占卜都会稍微装得有理有据一点。面对如此严肃的案件，你在开什么玩笑！我心想，但我更在意的是夏之目科长。我脑海中突然闪过科长因交通事故去世的家人的身影。

事故起因是老年人违章驾驶。她平日疲于筹钱，过度劳累，于是驾车时违反了交通规则。警方追查后发现，她对一个形迹可疑的占卜师唯命是从，已经倾家荡产。科长对占卜和占卜师绝对没有好印象。

折尾模仿占卜师的样子，嘴里胡说着一些压根儿称不上是占卜的话，连我看了都烦。夏之目科长却依旧无动于衷，静静地盯着折尾。

“随便选的？的确如此，多谢您的指点。”折尾毫无怯意，还把我的“批评”说成是“指点”，脸皮真够厚的。接着，他窸窸窣窣地从包里掏出一个小记事本。

“这是什么？”大岛瞪着他说。

折尾的表情从容得很，仿佛在说：多谢您的提问。他翻开一页，上面满是手写的笔记。“这份名单可能和案子有关。”

“名单？”

我一看名单，上面写着住址和一串串像是电话号码的数字。“这是什么？”

“这个嘛，”折尾挠挠头，扶了扶眼镜，“这个是……”

“什么？”

“这个嘛……”他这是想急死我们吧？很明显，他在犹豫要不要对我们说实话。

“你最好还是说吧，反正最后你总要说的。”我得推他一把，不是用手，而是用重型机关枪把他逼到无路可退的地步。

“这些是犯罪集团的受害者。”

“什么集团？”

“这个嘛，”折尾停顿片刻，“具体我也不清楚。受害者名单上列的应该都是他们的猎物，我手上有其中一部分。”

看来他还是对我们有所隐瞒。真够可以的，拖到现在才出牌，可以肯定他还没有全部交代。

“你从哪里得到的？”

“从集团里的一个女人那里。啊，我刚才已经说过了，我和他们没有直接关系。坦白说，他们曾邀请我去工作，但我拒绝了。对，我已经拒绝了。”

“这是当然，我们相信您。”夏之目科长毫不迟疑地说。

“那个女人是集团的会计，她相信我，就给我看了一份她觉得比较重要的名单。我赶紧抄了下来。”折尾得意地用手指敲了敲记事本，“就是这个，他们的受害者名单。”

“我们可以用来调查吗？”我想立刻让大岛对名单上的人展开

调查。如果是受害者，应该有报案记录。

“他们应该都没报过案。”折尾立刻说，“不是还没发现自己被骗，就是受到威胁不敢报案。”

“原来如此。”夏之目科长一脸信服地点了点头。其实他才不信呢，无非是想让折尾继续说下去。“然后呢？”

“这上面的地址派得上用场。”

“派得上用场？”

“只要确认这些地址的位置，应该就能显现出来。”

“什么东西应该就能显现出来？”

“嫌疑人的位置。”折尾一副理所当然的口吻。

“嫌疑人就在那里。”大岛指指车窗外的佐藤家，“你在胡说什么？绑架案已经发生，嫌疑人就在那栋房子里。”

“我刚才说过了，那里的嫌疑人只是一部分，他们的主力部队在别处。”

佐藤勇介也说“还有其他人”，关于这一点，折尾可能真的没说错。

“你是说，这样能显现出主力部队的所在地？”

“很可能显现出猎户座的形状。”

夏之目科长那边发出巨大的声响，是他一脚踢飞了桌子，桌子后面的折尾也顺势被撞飞出去。说“飞”或许有些言过其实，但折尾确实被吓得瞪圆了眼睛。那张地图掉在地上，笔滚到了一边，车身一阵摇晃。

夏之目科长的情绪竟会因此爆发，这令我非常吃惊，我还以为他已经是一个空壳，无论怎么刺激都不会发火。得知他并非心如死水，我感到震惊。

科长脸上并无怒意，但他呼吸急促，肩膀上下起伏，显然正极力压抑着心中翻涌的情绪。他好像在考虑该对折尾说什么，片刻后说了句“开什么玩笑”，下了车。

“我没有开玩笑。”

事到如今，折尾竟然还要继续说下去。我简直想给他竖起大拇指，但还是警告道：“够了！”这已经不是对普通市民的说话方式了，而是对嫌疑人的。

下了车，右手边就是手持相机的各家媒体。他们一直在等待我们行动。我走到夏之目科长身边。

“抱歉，我太激动了。”夏之目科长说，“一想到人质的情况，我就对折尾的话感到生气。”

其实，您生气是因为想到了您的家人吧——我很想这么说，但还是忍住了。夏之目科长已经恢复平静。他又开始以慢半拍的速度表演着自己的剧本，变回了平时的那个科长。

“被您抢先了一步。刚才要是您不发火，就该换我了。那家伙实在是不像话，油嘴滑舌。”

“他有几句真话呢？”

“我倒是能感觉出他很认真。”

“是吗？”夏之目科长冷冷回应。

"嗯。"

"我看不出他是否认真，只觉得他在耍我们。"

过了一会儿，大岛下车向我们走来。"那家伙在胡说八道，一个劲儿地画猎户座，说什么名单上的地址和星星的位置是重合的。怎么可能？"说着，大岛抬头望向天空，试图确认星座的位置，"呃……猎户座，猎户座……是那个吗？"

"所有星座中，猎户座最好认，"夏之目科长不得不承认这一点，"因为正中间的三颗星星非常醒目。"

"那颗就是参宿四吧？"大岛向上指了指。一开始我没有看到，但很快就找到了那颗最亮的星星。

"那颗好像是一等星，听说可能已经爆炸了。"

"大岛，你知道的很多嘛。"

"刚从那个家伙那里学来的。我是说折尾。"

我和夏之目科长对视了一眼。刚才还骂那个家伙"开什么玩笑"，现在又因为从对方那里学到了星座知识而开心起来，这个大岛真是够单纯的。

"听说一旦参宿四爆炸，地球会连续亮好几个月，比满月的时候还要亮一百倍。"

"那可真——"我坦率地发出感叹，"真亮！"

"倒不至于黑夜变白昼，但世界将会有相当大的变化。"

"不会造成危害吗？"

"哎？"大岛转过头，表情认真地问，"会造成危害？"

“超新星爆发的时候，不是会释放什么东西吗？好像是叫伽马射线吧。几亿年前，就是它导致物种大灭绝，我记得在一本书上读到过。”夏之目科长睁大眼睛，微噘起嘴，可能只是想扮演一个和下属说说闲话的上司，“这样你可以接受吗？”

“那就麻烦了。如果爆炸，我们都得出局了。”

“说不好是出局还是安全上垒。”

“要是只能赶在爆炸的几天前才知道，也太可怕了吧？我再去问问折尾。”大岛正准备回车里，我笑着叫住他。“先别说这个了，你去调查一下刚才的名单吧。”

“刚才的名单？”名单比那颗星星爆炸更重要，可大岛似乎没有反应过来。

“我是指折尾手中的受害者名单。他们或许没意识到自己被骗了，但我们还是给名单里的第一个人打个电话问问情况吧。”其实我并不清楚是否有必要这么做。听折尾讲猎户座，说得夸张一点，简直有伤自尊。如果那份名单真的是犯罪集团的……不，“犯罪集团”是折尾的说法，并没有得到确认。如果正如他所说，真有那个集团的受害者，那就有必要着手调查。

“知道了，我来调查。”大岛回到车里。

我回过头，见夏之目科长仍在仰望天空。

“您在看猎户座吗？”

闻言，夏之目科长转头看着我说：“春日部，猎户座下面是天蝎座吗？”

“天蝎座还是别的什么，我完全不懂。”

“所谓星座，不过是随便指出几颗星星，给它们连上线而已，根本不可信。”

“是啊，我也这么认为。”

“不过，”夏之目科长又朝天空看了一眼，然后将视线移回我身上，表情柔和起来，“这样也不错。”

“嗯？”

“说起来，星星寄托着人的幻想。以前的人到了晚上无事可做，能看到的东西估计只有星星。没有深夜节目或智能手机，只有无限的时间。于是人们仰望星空，任凭想象力驰骋其上。”

那一刻，我感到周围的住宅一个接一个地消失了，四周变成一片野草丛生的丘陵。我仿佛正坐在地上，眺望头顶的夜空。黑色的天空广阔无垠，仿佛一双巨大的眼睛正凝视着我。时间的流逝变得缓慢，我却难以入眠。我感到有人在专注地用手指将夜空中渺小的星星相连。

把那几颗星星连起来，变成猎户奥利温吧！那么，这就是夺去奥利温性命的天蝎。就这样你一言我一语，原本由线条构成的图案，顿时化为立体的实物，从漆黑的夜空中浮现出来。

“这样壮丽的游戏，现在可玩不到了。”夏之目科长的话让我回过神来。我能听出他的话是出自真心，而不是引用别人说过的，这让我觉得很新鲜。在那一瞬间，曾经的科长仿佛回来了。

代理科长春日部的直觉相当敏锐！那时，夏之目眺望着星座，脑海中突然浮现出女儿的样子。他的心仿佛也得到了滋润，犹如在干涸的大地上降下甘霖。

“我在电视上刚看到的，”夏之目的女儿爱华曾和父亲聊到猎户座和参宿四的爆炸，“爸，你不觉得很有意思吗？就算它在很多年前爆炸了，我们也没办法确认，因为距离有六百四十光年。六百四十年后，我们才能知道。也说不定明天晚上，夜空就会因为那颗星星爆炸而突然变得明亮。”

她指着南方的天空，想必各位也能由此得知，此时正是冬天。

那天晚上，大学一年级的夏之目爱华和社团的伙伴们吃完饭唱完歌后正要回家，夏之目刚好从那里路过。这自然是骗女儿的，其实是他担心晚归的女儿，便在繁华的商业街上乱转，大冬天里出了满头的汗，终于碰到了女儿。总之，最后二人并肩走在夜晚的街道上。

他们本应打车回家，毕竟离得有些远。“就当我们打车了，把打车的钱给我当零花钱吧！”女儿半开玩笑地说。于是，他们决定步行回家。对夏之目而言，和女儿并肩走在路上是人生中最幸福的时刻，无可取代。他甚至希望越走离家越远才好。

“爸，你刚才真的是刚好路过吗？”

其实是因为担心你——夏之目要是能如此坦诚该有多好，但他不甘心就此认输，于是说道：“那还用说，刚好碰上你了。”

“刚好？”对于父亲这一眼就能看穿的谎言，爱华半是无奈半是开心地笑了，“啊，算啦。”

“什么算了？”

“算啦，不得不说这么容易就能被识破的谎言，是因为有不得已的理由吧。”

“什么不得已的理由啊？”夏之目苦笑。同时他心想，父母对女儿的这份担心，确实是无可奈何又情难自禁的吧。

接着，爱华说起了猎户座。“星星也会死去。这听起来有些可怕，不过还挺酷的。”

“星星也会死吗？”夏之目一时没反应过来。

“太阳还有五十亿年就寿终正寝。”

“那时候人类还存在吗？”

“你觉得呢？”爱华突然认真起来，“在地球几十亿年的时光里，人类文明不过是一瞬间。”

“和宇宙的历史相比，我们更如同尘埃一般。”

“那也很好啊。在飞速流转的时光中，我们活在每一个稍纵即逝的瞬间，玩耍、学习、工作、恋爱，历经悲欢离合……应该说这样的人生是精彩还是充实呢？爸，你看过《悲惨世界》吗？”

“那是什么？”

“一部小说。”

“我好像看过电影。”

“电影省略了不少情节。原著除了故事本身，还有很多延伸内容。有一幕是冉阿让从下水道逃走，在那之前，作者用了整整一章来描写巴黎的下水道。”

“下水道？故事以外的东西，有必要写得这么详细吗？”

“爸，看来你根本不懂嘛。”爱华笑着说，“看上去无所谓的内容，会让故事更加饱满。”

《悲惨世界》竟然又登场了。想必有读者会对此表示诧异，觉得未免过于凑巧了。退一百步说，今村和黑泽读过这部小说也就罢了，现在又有一个人提到，就算是巧合也要适可而止。

认真看过大部头《悲惨世界》的人一再出现确实不容易，但这样的巧合并不少。在讲述白兔事件时，这部小说不是什么重要的元素，无所谓巧合不巧合，充其量像是让故事膨胀起来的酵母粉。如果您很在意，完全可以把夏之目爱华提到的作品替换为您喜欢的小说或电影。

“那里面有一句话。”说到这里，爱华笑了，显得有些难为情。

“怎么说的？”

“比大海更广阔的是天空，比天空更广阔的是——”

“宇宙？”

“是人的心灵。”她笑了笑，“人的心灵比大海和天空更广阔呢！在如此广阔的思维世界中所体验的一生，你不觉得波澜壮阔吗？”

“原来是这样。”夏之目对此并不赞同，但看到女儿满足的样子，他倍感幸福，“是的，我出生了。是的，我死去了。这样的一生？”

“才不是呢。是的，我出生了。是的，我经历了许多。是的，我死去了。”

“这样啊。”

“经历了许多”，女儿说得一点都没错。夏之目每天要处理各种各样的案件和杂事，而此刻他在和女儿一起散步。从宇宙中的时间来看，这只是稍纵即逝的一瞬间，但如果像电影中的慢镜头一样将其拉长，慢慢体味自己的人生，便会感觉像是赚到了什么。可是，他的爱华还没能充分享受上天赐予的种种瞬间，就告别了这个世界。

想必诸位都能想象得到，夏之目所受的打击是何等难以想象。

比深海更黑暗的是宇宙，比宇宙更黑暗的是失去所爱之人的心灵。

夺去妻子和女儿生命的是那辆闯红灯的汽车，开车的是那个老年人，把老年人逼入困境的是那个占卜师。这样层层追溯后，罪魁祸首是占卜师，但法律却最终判定她不用负任何刑事责任。

夏之目也无法责备那个司机。上了年纪的她，应该也不想在“从宇宙中看来不过一瞬间”的人生中发生交通事故。所以夏之目是如何处理这件事的呢？

现在我们要稍微偏离白兔事件的主线了。简单来说，夏之目最终成功地向那个占卜师复仇了。

法律不允许复仇，理应遵纪守法的男人夏之目自然也明白这一点。

事故发生后不久，夏之目调查了那个占卜师。他也曾想过还不如不调查，但如果他不做点什么，或许根本活不下去。总之，他得知那个占卜师依靠父母的财产过着富裕的生活，占卜不过是为了打发时间，她曾对熟人说：“来我这里占卜的一个客人撞了人。”不知为何，当时她还开心地说这件事“真好笑”。夏之目怒不可遏。

当然，夏之目想过，对于客人撞了人这件事，或许她也很震惊。正因害怕自己会内疚，才故意一笑置之吧。也可能是她苦于不知该如何反应，最后只能说一句“真好笑”，就像电脑死机时蓝屏画面上显示的报错信息。

看清人心实在太难，毕竟它比天空和大海还要广阔。即便是在关系亲密的人面前，也不一定会说出真心话。很多时候，人们在伙伴面前更会虚张声势。

那时，夏之目依然极力抑制着对占卜师的憎恶。他对自己说，她并不是坏人。他在等一个能向她发泄怒火的正当理由。

终于，机会来了。

夏之目叫住回家途中的她，并说明了身份："你的客人在交通事故中撞死了我的妻子和孩子。"

面对眼前的突发状况，占卜师愣住了，又说出了那句像是报错信息似的话："什么？真好笑！"夏之目勃然大怒。其实也没有，应该说，他希望对方说这句话，他一直在等对方出现失误。

众所周知，失言会让人失去信用，有时甚至还会让人丧命。

夏之目举起违法购买的手枪，一枪命中占卜师的胸膛。子弹从枪膛中射出的同时，夏之目的情感也从他身上剥离。此后，他变成了一具空壳。

成为空壳的夏之目既无意隐瞒罪行，也无意免受责罚，但他不打算主动认罪、接受制裁。他只是觉得，如果把尸体放在那里不管，第二天早上上学的孩子们看见了，会受到惊吓。这样的事情需要避免。虽然他弄错了主次，总之，他还是把占卜师的尸体运到山里，直接放进了树丛，并未掩埋。

让一切化为黄土吧，他当时想。没想到第二天，一场史无前例的大雨导致山体滑坡，大量泥土掩埋了占卜师的尸体，周围禁止人们靠近。就这样，夏之目对占卜师的复仇掩盖在泥土下，结果一切真的化为了黄土。只是，成为空壳的夏之目对此毫无感觉。

以上就是负责此次绑架案的夏之目的人生另一面。

警察竟然也会杀人！他的家人死于非命，本来对他抱着无限同情，可他竟然是杀人犯！

也许会有读者觉得自己看走眼了，也许还会有人说："枉我一直支持特别搜查队……"但是，夏之目并非不分青红皂白的杀人狂，也丝毫没有掩饰罪行的念头。他应该尽快自首、接受惩罚，这样想没什么问题。他已经没有力气做正确的事了，只是在继续完成每天的工作。

在夏之目的努力下，很多案件得以破获，受害者也因此得救。我并不想主张这样可以抵消他的罪行，只想说，杀人后的夏之目作为县警察局特别搜查队的科长，仍然兢兢业业。

此刻，面对这起绑架案，他也在一丝不苟地工作，想方设法尽快解救人质。

在此提醒一下，请不要忘记，作为此次绑架案的现场负责人，夏之目正在认认真真地工作。

在我们讲这些的时候，白兔事件已经有了新的进展。

我和夏之目科长回到车里，折尾从展开的地图上抬起头来，兴奋地说：“请看这个，这和猎户座的形状一模一样。”可能是因为用力过猛，他的眼镜歪了，他急忙用手扶住。

我忍住没有叹气。虽然并不想看，我还是瞥了一眼，只见他从自己拿出的名单中选中几个地址，用笔标记。我们非常明显地表现出毫无兴趣，折尾很是不满，要求道：“请好好听我说。”

为了让自己平静下来，我深吸了口气。“折尾先生，请将精力集中在这次绑架案上，好吗？”

“您在说什么？我说的就是这次绑架案。”折尾提高音量，“听好了，请看一下这张地图，星座的地图。”

“春日部前辈，这种东西不看也罢。”大岛不屑地说。

这句话似乎刺激到了折尾。“不，请看一下，这很重要。”他哗啦一下拿起地图，递到我们面前。地图没展开，大岛帮他把卷起的边角拉平。他继续说：“标记出名单中受害者的住址后，这个形状出现了。”

真是太蠢了！我只想冷笑一声，也确实这样做了，但还是凑过去看了看地图上标记的黑点。

“现在我所在的位置，哦，是我们所在的位置，是这里。”折尾指的地方是 North Town。其东北方向有一个点，那个点的右下方还有一个点。

“不就是一个普通的三角形吗？”我说。用线把三个点连起来，就能画出一个以 North Town 为左侧底角顶点的三角形。

“这可不是普通的三角形。这里位于猎户座的左上方、奥利温的腋下，相当于参宿四。您刚才说的三角形，是猎户座的上半身，即肩膀以上的三颗星星。重要的是这里，请看一下这三颗星星。”

North Town 东南方向的略远处，从地铁八乙女站附近到女子大学附近的连线上有几个点。

“这是猎户座独具代表性的三颗星星，位于腰带的位置。”夏之目科长说，“你想说这个吧？”

“没错。我不认为这是偶然。那附近有一栋大型公寓，对应名单上的一个住址。”

我看了一眼摆在桌上的受害者名单。说是名单也不过十来行，我从上往下看了几行，上面记录的地址的确是地图上黑点的位置。我不想鸡蛋里挑骨头，但还是指出：“可是，也有完全没有关系的住址啊。”名单中有好几个地址在仙台市西边和海岸一带。

“那是当然，因为宇宙中除了猎户座还有其他星星。”

“你这是强词夺理。”大岛立刻唱起反调，我也有同感。折尾太随心所欲了，随心所欲到我都懒得指出来。

“不，这会构成猎户座的形状。”

“折尾先生，我有两个问题。”夏之目科长说，“第一，就算这三个点是猎户座的三颗星星，那它下面又是怎么回事？”

“它下面？”

“猎户座还有下半部分。按折尾先生刚才的说法，三颗星星在中间，不是应该分成上半身和下半身吗？”

“没错。”

“名单上只有上半身？”

折尾随即低头看向手中的地图，指着地图下面的一个点，说：“名单上这个住址所在的位置，应该相当于下半身的一颗星星。”

“不，折尾先生，这样就失去平衡了。”

连并没有记清猎户座形状的我，都能看出他现在所指的点太偏向左下方了。如果要画出猎户座的形状，下面的点顶多在仙台站附近，而他刚才指的点明显偏南。

“这份名单中，有些地址是空白的。要是补全，应该能画出猎户座的下半身。右下方是奥利温的脚，即参宿七，在日本被称作源氏星。”

“源氏？是那个源氏吗？”

“参宿七是青色的，参宿四则呈红色。以前，人们认为这和源氏、平氏的旗帜颜色相同，便称它们为源氏星和平家星。”

“哦……”大岛一脸佩服。

“第二个问题，”夏之目科长说，“即使能画出猎户座的形状——”

“嗯。”

“那又怎样？”

我也很想把这句话甩给折尾：那又怎样！

对了，是从什么事情说到这里的？

绑匪有同伙，同伙是个集团，集团有一份受害者名单。把名单上的地址标在地图上，会发现它和猎户座的形状很像。仅凭这些，就能找到解决此次绑架案的线索？我可不这么认为。不，这个形状压根儿也不像猎户座。

“你该不会要说，坏人的大本营能就此显现吧？”大岛挖苦道。

折尾却答道：“有这种可能。”一瞬间，他忍不住扑哧笑了出来。看来连他都意识到自己在胡说八道。他又补充道：“嫌疑人恐怕就在参宿七的位置。”

“参宿七？就是你刚才说的右下方那颗——”

“源氏星。”

如果把八乙女站附近标记的三个点看作三颗星星，参宿七的位置应该在其东南方向的宫城野区一带。

“用与猎户座相似的形状，在地图上连线，应该能看出大体位置。”说着，折尾立刻拿起地图，准备画线。

我慌忙制止了他。退一百步说——要按我的心里话说，得退一万步——就算按猎户座的形状画线能显现出犯罪集团的所在地，这样随心所欲地画也没有任何意义。地图上一厘米的偏差，实际位置会差好几百米。如果要画，也要工工整整地画。折尾的工作是咨询师，却言之凿凿地说着这么不靠谱的话，谁能信任他？我又替他担心起来。

本以为折尾会因我制止他而不高兴，没想到他露出一副就此死心的表情，说："好吧，我知道了，我会帮你们。饭团也好，饼干也好，我帮你们送过去，但作为交换……"

"作为交换？"

"请接受我的方案，帮我画完这个星座。"

车内一阵沉默。这个戴着眼镜、一本正经的成年人所坚持的交换条件实在离谱。

夏之目科长打破了沉默。"真是帮了我们一个大忙，那就拜托你了。"他急于在对方改变主意前说出这句话，语气仍旧坚定有力。

"不过，"折尾向前伸出手，"想来想去，我还是不想打开大门进去。实在太危险了。"

"啊，嗯。"他说得倒也没错。

"请想想办法，别让我被拉进屋里。"

这是理所当然的想法。折尾知道，说是把食物送到野兽盘踞的洞窟中，其实真正的食物是他自己。

“说得也是。”夏之目科长抱起双臂。

大家都陷入苦思。我不认为会有解决办法，正在考虑怎样才能说服折尾，但一个意外的点子出现了。

大岛首先说道：“绑匪饿了吧？他应该很想吃饭。”

话音刚落，折尾立刻说：“那就扔过去，让他捡起来吃，不行吗？”他就像举手回答问题的小学生一样，显得很急迫。

“你说什么？”大岛立刻反问。

“扔过去呀。”

扔过去？我一时没明白他到底想说什么。

“既然人不能靠近房子，不就只能从远处扔食物过去吗？”

“食物不能扔吧？”大岛还在纠结这一点，我则不以为然：这种傻事怎么行得通？

“有道理，”只见夏之目科长点了点头，“这主意不错。”

“什么？”

“让折尾先生从远处把食物扔过去。对绑匪而言，这样也比较安全。绑匪也想离警察远一点吧。”

一边“嗨、嗨”地喊着，一边从房子外面把饭团扔进去，就像春分那天撒豆子一样。这幅场景光是想象都十足可笑。夏之目科长却似乎已经拿定了主意，说了一句：“只能这么办了。”

现在有必要从外部视角来讲述了。就在他们讨论的十分钟后，今村和中村正优哉游哉地看着电视。

“中村老爷子，好像有动静了。”

播放仙台绑架案的电视画面中出现了一幢独栋住宅，一名身穿夹克的年轻记者正手握话筒。可能是因为已经在现场等得疲惫不堪，他的头发微微上翘，像刚起床时一般凌乱。“应绑匪要求，特搜队员正前往那栋房子。”镜头向旁边扫了一下，一队特搜队员正在行进。

“人真够多的。”中村感叹道。

“绑匪手里有枪，还是需要盾牌的。”今村指指画面上的特搜队员，“戴的头盔看着也挺重的，真不容易。”

“防弹的当然重了。不过，他们后面的那些家伙身上的防护装备是塑料的吧？肯定是因为数量不够。”

“那不是很危险吗？”

“‘不防弹我就不干了’，估计没有队员会这么说。他们就这样去面对绑匪，真是厉害，佩服佩服。”

“被闯空门的我们如此赞美，他们会很为难吧。”

“愿意为了素不相识的人身陷危险，真的很了不起！”

“不是讽刺？”

“当然不是讽刺，也没有厌恶。对了，黑泽没事吧？”

“应该没什么事吧。黑泽先生就算成了人质，也会更担心我们这边。他就是这种人，对吧？”

“算是吧。”

二人的视线离开了电视，画面上那名身穿夹克、头发凌乱的男子仍在继续播报现场的情况。不知是太紧张还是过于疲惫，他的情绪十分兴奋。不，原因和此次案件毫无关系。其实今天晚上，恋人刚刚向他宣告分手。如果说现在他心中没有半点自暴自弃的想法，那完全是撒谎，但他被甩了这件事，观众和他周围的人并不知情。总之，他的声音越来越大，语气也越来越激动。

“看来，警察准备从邻居家将食物扔过去，两栋房子之间隔着一条狭窄的小路！好像要从邻居家的院子里，将食物扔到发生绑架案的住宅的二楼阳台！”

镜头切换回演播室，主播问：“准备了什么食物呢？”

现场连线有点延迟。片刻之后，记者回答：“是在便利店购买的饭团。据说这是绑匪的要求。”

饭团是什么口味的？还好，主播没有提这个问题，而是问：“那个距离，饭团能扔得过去吗？”

“成年人扔的话没有问题。估计是将几个饭团装到塑料袋里再扔。考虑到有可能扔不中，应该是准备了好几袋。”

“为什么要这么做？”

“具体情况还没有公布，可能是绑匪害怕警察靠近。”

“我们看到很多特搜队员已经集结，正在向案发现场移动，是因为绑匪手中有枪吗？”

“绑匪极有可能持有手枪。”

“会从屋内开枪吗？”

记者很想大喊：我这边也没有任何信息啊！我连女朋友为什么和我分手都不知道！可是他不能这么说，这点常识还是有的，所以他回应道：“不能否认有枪击的可能。”这句话说了和没说一样。

“警方是否准备从附近的建筑或其他地方狙击绑匪？”

拜托，请动动脑子，绑匪很可能也在看电视，这样的问题我怎么能回答？记者差点就说出这句话。他的表情明显僵硬起来，如果演播室里再抛出一个类似的问题，他极有可能放声大喊：够了！

“就在刚才，警方来到了隔壁住宅。门前有一、二、三、四，四个人。”摄像机的镜头拉近，画面中出现了大门附近的场景。院子中有一棵很大的树，几乎要长出围墙，显然疏于打理。

“已经征求邻居的许可了吧？”演播室里的嘉宾们纯粹是出于

好奇，确认道。

都到这时候了，不要关心那些细枝末节了，好不好？现在无所谓合不合法吧？记者差点脱口而出，但他还是回答："警方请求住户协助，已经获得许可。"

"接下来会如何发展呢？"演播室里又抛出问题。

我怎么知道！记者咽下这句话，说："可能在与绑匪进行电话交涉。"

"要是用别的东西假装成食物，会怎么样呢？比如那种像手榴弹还能冒烟的道具。"

别说了！要是绑匪正在看电视怎么办！"绑匪也在提防这一点，阳台上窗户紧闭。绑匪应该会先确保自身安全再来取食物。"

记者一直很卖力，尽可能准确且及时地把现场的情况转达给电视机前的观众，不只是今村和中村，也包括兔田。还有，或许您已经忘了，在仙台港附近的仓库里，此次案件的始作俑者、绑架风投公司的企业家稻叶也正在电脑上收看节目。"兔田，现在可不是吃饭团的时候。"他心中燃起一阵怒火，为了发泄，他又朝绵子踢去。像小动物般可爱的绵子，脸上已经青一块紫一块，模样只能用惨不忍睹来形容。稻叶仍想继续折磨她，只能说这个男人的心实在是坏透了。这时，电视直播打断了他的动作。

"现在塑料袋扔过去了！"记者大喊。

装着饭团的塑料袋嗖的一下从不远处的隔壁家飞向阳台。这个场面很无趣，连充当庆典的余兴节目都不够资格，但电视台却费尽力气把它打造成一个看点，这样的热情还真是令人钦佩。

第一次从隔壁家抛塑料袋，以失败告终。第二次塑料袋撞上了阳台的栏杆，再度失败。第三次终于成功扔进阳台的围栏里。不知从哪里传来了欢呼声，仿佛有什么伟大成果诞生了一般。随后，开始了第四次抛投。

“警察匆忙离开了！”紧接着，记者叫喊起来，“好像发生了意外！特搜队员也一起撤退了！”

队员迅速围上来，迎接从隔壁家院子回来的我们，好像我们是从前线归来的战士。

“春日部，没事吧？情况如何？”夏之目科长走过来说。他眼睛睁得大大的，显然在为我担心，但我依然觉得他只是在扮演一个担心下属的上司。

“那边二楼的窗户开了条缝，能看到一个枪口似的东西。”

当时，折尾大惊失色，好像觉得自己会中枪。他不听我们的指示，从院子里往外跑。我们也很着急，只能和他一起返回。

“对方是在威胁我们吧？”

“恐怕是。如果我们一直待在那里，他就无法去阳台取东西。”我们本想多待一会儿的。“折尾……折尾先生在哪里？”

“在车里。”

绑匪一开始并不接受从住宅外面扔食物进去的提议，因为他的目的是把折尾带到房子里。也许是夏之目科长细心又耐心的说明奏效了，也许是绑匪想先获取食物，最终他命令道："从隔壁家的院子能看到这家的阳台，你们就从那里扔过来吧。我可以稍晚点再用人质交换折尾，现在赶快把食物扔过来。不要有其他动作，只要使劲扔，就能扔过来。对了，让折尾折尾来扔。至少我得先看到折尾，确认是不是本人。"

夏之目科长和我们都想找一个折中的办法。"我们不能只让折尾先生一个人过去。万一他中枪麻烦就大了，虽然我相信你不会这么做。"

"我不会开枪的。折尾要是死了，我也很难办。"绑匪说。

"即使你这样说，我们也不能掉以轻心，请理解我们的立场。"

最后，绑匪同意特搜队员和折尾同行，但他又说："你们如果乱来，我就杀了屋里的人质。"

当科长说"最好有人一起同行"时，我第一个举了手，要不然夏之目科长肯定会说"我去"。负责现场指挥的科长如果出了什么事，那就麻烦了。

"食物顺利扔到阳台上了吗？"夏之目科长向大家确认。

"从院子扔到对面的二楼，没想到还挺难的，距离有点远。说实话，光靠折尾一个人根本扔不过去。"在一名特搜队员的帮助下，好不容易才扔进去两个塑料袋。

不知是幸运还是不幸，隔壁的住户当时正在家中，还没来得及疏散。侦查员敲门时，他打开门，挠着头，有些难为情地说：“我睡着了。一觉醒来就成这样了。”我们请求他允许我们借用一下他家，他一开始很不情愿，说害怕出事。得知侦查员会带他去安全的区域后，他才同意我们在必要的情况下进入，但我们最后并没有上二楼，而是从院子里扔过去的。

“看不见屋里的情况吗？”夏之目科长问。

“是的。阳台后面的窗帘拉着。枪口出现之前，连个影子也没看到。”

“看来毫无进展。”

“很抱歉。”

夏之目科长站在我对面。此时折尾下了车，从科长身后走来，手扶着歪了的眼镜。“饶了我吧，我差点就没命了。”折尾噘起嘴说，“那是枪吧？我看得清清楚楚，他瞄准了我。”

“我觉得对方只是在虚张声势。”我其实想说，就是因为你惊慌失措地逃跑，我们失去了一个接近绑匪的宝贵机会。

夏之目科长掏出手机，随后说了一句“是绑匪打来的”，接通了电话。

绑匪会说什么？我盯着夏之目科长。

“没问题吧？我们这边看到枪，有些紧张而已。阳台上的袋子拿了吗？你肚子饿的时候去拿吧。我们不可能在里面放什么危险的东西。你要是担心，就仔细确认一下。不需要的东西，你扔了就行。”

“请问，”待夏之目科长挂断电话，折尾说，“绑匪说什么了？”

“没什么。他只说看到折尾先生了，确实是本人。”

“本人？”

“就是说，你正是他要找的折尾先生。”夏之目科长意味深长地看着折尾，我也把视线投向他。“你们果然有什么关系吧？”

“什么？”折尾扶了扶眼镜，面露不悦，“这是什么话？你们是相信我还是相信绑匪？”

当然是绑匪啊——我差点脱口而出。“这……”

“不说这个了，”折尾提高音量，似乎想换个话题，“不说这个了。希望你们能履行之前的约定，帮我调查。”

“约定？”夏之目科长并不是在装傻，而是真的没反应过来。

可恶！他还记得！我暗自咂舌。他要是因为刚才的慌乱而忘了这件事该有多好。

“你们答应过要帮我调查的。”

“调查？”夏之目科长又问了一遍，才点头应道，“啊，那个星座。”

“没错。星座的位置很重要，参宿七的位置。”

“对对，参宿七。”科长附和道。

“你们会帮我调查吧？”

“当然。”其实我想说的是“现在哪有工夫管那个，我们没时间陪你胡闹”，不过折尾确实协助了我们的工作，之后很可能还需要他继续协助，所以我不想引发不必要的冲突。“你到底要我们调查什么？”

“到车里谈吧。”夏之目科长提议。我们决定回到车内。

我有些在意媒体的动向，便回头看了一眼，只见手握话筒的记者正一脸认真地做着报道。

“之后得向他们说明才行。”

“媒体也苦于没有新信息。”

“说得也是。”夏之目科长转过身，看着扛着摄像机的众人，“这些拼命工作的记者们，也有工作之外的生活吧。”

“嗯？”

“没什么，我只是突然想到而已。也许有人牺牲了陪伴家人的时间在这里工作，也许有人突然被叫过来，就此与恋人分手了。”

“哦。”我有一搭没一搭地随口应着。

夏之目科长似乎也是想到什么就说什么。“工作，”他像在说给自己听，“就像一头吞掉人生大半的怪物。”

“没有工作，人生也无法继续。”

“拜这头怪物所赐，人们才能活下去吧。”

一回到车里，等待已久的折尾就对我们说：“来，请你们展开调查吧！”他把手机朝我们面前一推。

“怎么调查？”我拼命忍住才没冲他大吼。

“你们还记得吧？刚才那份受害者名单上有空白的条目，我想填上。弄清楚那些住址后，就能连出星座的形状了。”

“哼，形状？”一旁的队员丝毫没有掩饰语气中的轻蔑。

折尾却不在意，继续说道：“其实，空白处的受害者中，会有人来主动联系我。”

“联系？谁会联系？”

“名单空白处的人。”折尾晃晃手机，“他们会打来电话，我到时再问出对方的地址。也就是说，能在那张地图上画上点。”折尾又指指背后的桌子，“一定能连成猎户座的形状，并从中找到参宿七的位置。”

“哼，参宿七？”另一名队员轻哼了一声。

“能帮我们确认参宿七位置的电话，很快就会打来的。”听折尾笃定的口气，仿佛他从遥远的星球接收到了某种信号。我只有甘拜下风。

“折尾先生，请说得具体一点，我们该如何帮助你？看着你在地图上画点吗？”夏之目科长耸了耸肩。

“差不多吧。你们只要好好听我讲就行。”

“明白了，这个好办。会有电话打过来，是吧？”

“是的。如果对方不告诉我地址，你们警察可以调查吗？”

“我们？调查什么？”

“对方的地址。这是不是叫反向搜索来着？不过应该没那么夸张。”

“和此次绑架案有关的可以调查。”发生绑架案时，警方会请运营商协助。相关负责人在各自的公司待命，随时提供信息。

“和此次绑架案有很大关系。”折尾斩钉截铁地说，“如果能画出星座的形状，就能知道参宿七的位置。”

就结果而言，折尾并没有说中，但他的手机确实接到了电话。

真的打来电话了！我们大吃一惊，可也就是刚开始时惊讶了一下。向运营商报告来电信息后，我们根据其提供的地址，在地图上标记。结果与折尾得意扬扬连出的形状一对比，根本差了十万八千里。就算再怎么放宽标准，也没法说成是猎户座，令人哑然失笑，连夏之目科长也耸了耸肩。

特意请运营商提供了信息，到头来却是白费工夫，这确实令我们感到不快。同时，我也觉得这般自信满满的折尾真是可怜。唯一算是安慰的，是我们并没有花费多少成本，无论时间、人力，还是物力，损失都不大。

一直盯着地图的折尾一声不吭，避开我们的视线，说了声“我出去一下”，便下了车。

夏之目科长朝我使了个眼色。“看着折尾。”

“看他太沮丧了，让我去鼓励一下他？”

“没错。”夏之目科长苦笑着说，“之后调查一下折尾的手机，从机主的身份入手，也许能了解到他的详细情况。”

我一下车，立刻看到了折尾的身影。他似乎相当沮丧。难道他对自己的“星座说”那么自信吗？这一点倒真是令我佩服。

“折尾先生，你没事吧？”我叫住他。他根本没有注意到我，我又说了一遍：“折尾先生，你没事吧？”

他这才回过头来。“完了，根本不是猎户座的形状。”

这个可疑的占卜师信口开河，结果自己还失落上了。我不否认，我觉得这是他自作自受，但又有些同情他。

折尾仰望天空，彷徨地踱着步子。简直可以在他身上贴一张标签——苦恼的男人。

“春日部前辈！”听到有人叫我，我回过头。大岛跑了过来。

“怎么了？”

“绑匪来电话了，情况有变。”

“情况有变？怎么回事？”

“绑匪突然开始说些莫名其妙的话，说什么要结束了。”

“什么意思？”

“不知道。夏之目科长正在和他通话。”

“知道了，我马上到。”

听了大岛的话，春日部向前走去。这时，他注意到地上有一张纸。捡起来一看，是一张折成四折的纸。

“啊，那是我掉的。”

“是折尾先生你的？”说着，春日部科长把纸递给折尾。

想必诸位已经猜到，这张纸就是黑泽的但书。这个男人，正是黑泽。他从春日部科长手中接过纸，塞进口袋深处，皱着眉心想：今天这张纸可把我害惨了。

“折尾先生，请你也过来吧。”春日部说道。黑泽“嗯”了一声。毕竟是在叫别人的名字，黑泽一时没反应过来，刚才也是同样。他环顾四周，整个街区仿佛都在屏气凝神，听不到一点声息。

绑匪从二楼跳下，四周宛如水烧开一般沸腾起来，是十分钟后的事。

真正的折尾折尾已经死了。绑架案发生的几十分钟前，他在仙台站被兔田发现，慌忙逃跑，一命呜呼。

这里还是说明一下比较好。

地点是横穿泉区的县道后面的小路。和车水马龙、时常拥堵的县道相反，这条路是单行道，又窄又暗，因行车不便，几乎没有车经过。一名年轻男子正低头走在路上，连连叹气。“我真倒霉！”

他坐公交车去医院治疗过敏，却丢了钱包，只能走路回家。钱包自然不是凭空消失的，而是在医院交完钱后，被旁边的人掏走了。然而他浑然不觉。

人生总是这么不顺，他对此感到失落。的确，在家中，他遭受着来自父亲的暴力；少年时代和青年时代，他是同伴欺负的对象。本想默默地安稳度日，可大学毕业工作后，他又成为上司的出气筒，最终只得辞职。结果，邻居间开始出现传言："那家的儿子不好好工作，整天游手好闲，真是没用！"

他的确没有努力摆脱这种不走运的境地，但深受命运折磨也是事实。如果把一切都归因为他不够努力，也未免太过残酷了。

那时，丢了钱包的他无精打采地走在路上，突然遇到了一件事。这件事简直像是要一次性清算他这百无一是的人生。

事情还要从他和折尾折尾撞到一起开始说。当时，二人都在低头看手机，没注意看路。折尾折尾正在手机上搜索住宿地点，年轻男子则在搜索钱包丢了该怎么办。边走路边看手机有多危险，会怎样毁掉一个人的人生，这件事便是个例子。

二人的肩膀撞到一起时，年轻男子小声说了句"对不起"，但折尾折尾没听见。他差点被兔田抓住，刚刚才成功逃脱，所以情绪还相当激动。"你在干什么！好好看路！"折尾折尾明明也在看手机，却用双手使劲推了对方一把。

这时一辆车恰好经过。驾车的女司机看到这一幕，以为二人在打架，便报了警，而她真的只是经过而已。

折尾折尾怒气冲冲地伸出手，手指划过了年轻男子的眼睛。年轻男子疼得按住脸部，就地蹲了下来。

此时，如果折尾折尾迅速离开就好了，他实在不该想再踢年轻男子一脚。看到折尾折尾凑上前来，视力尚未完全恢复的年轻男子害怕再次受到攻击，只好抱住了折尾折尾的双腿。折尾折尾就像庭院里蓄满水的竹筒一样向后弹去，后脑勺撞到了地上，一命呜呼。

整个过程如此简单。年轻男子目瞪口呆，不知到底发生了什么。见折尾仰躺在面前，他瘫坐在地，不停触碰着折尾，想看看对方还有没有反应，却因为手抖个不停，根本无从判断。

这件事能和谁商量呢？他目前只能想到一个人，就是生他养他的母亲。在他看来，母亲在家中长期遭受父亲的暴虐，是个和自己一样不走运的伙伴。那逆来顺受的样子令他都瞧不起，但他可以依赖的人只有母亲。

他拨通了母亲的电话。不等他开口，母亲就问道："勇介，怎么了？"

她万万没有想到，儿子竟然告诉她，自己杀了人。她立刻慌乱起来，对儿子说马上开车过去。当儿子哭哭啼啼地问她该怎么处理那个已经停止呼吸的人时，她条件反射般回答"搬到别人看不见的地方吧"。之所以试图瞒天过海，是因为她心中充满愤慨：我明明一直在忍受这倒霉透顶的日子，为什么还要如此折磨我？

让我们回到黑泽被绑在勇介家一楼时的情景。彼时，兔田刚刚在走廊和稻叶打完电话，回到客厅。

“你在电话里提到了折尾这个人。你在找他吗？”黑泽问。

兔田瞪着黑泽，那目光仿佛在说：是又怎样？

“他在二楼。”

“什么？”听到黑泽的话，兔田愣住了，一旁的勇介母子也大吃一惊。

“就在发现我的那个房间的床底下。”

“什么？”

“床底下有具尸体，就是折尾折尾吧？”

“尸体？”兔田愣住了，他听不懂黑泽的话也是自然。

“刚开始，我还以为那肯定是这家的父亲呢。”因此黑泽才笃定母子二人和父亲起了争执，会配合自己说谎。

兔田上下左右看了看，还是完全不清楚状况。他的眼神仿佛在说：上面的尸体？这到底是怎么回事？母子二人的眼神则仿佛在说：你怎么会知道？

“你，”黑泽看着兔田说，“你不是拿枪指着我，让我趴下吗？我照做后，就看到床底下躺着一具尸体。”

黑泽没有撒谎。一开始，兔田的枪口正对准他，他随即趴到地上，便看到了床底的场景。

“你！你当时怎么不说？”

“你是让我说床底下有什么吗？如果你问了，我肯定会说的。”

“你、你！”兔田说不出话来，神思恍惚地望向天花板。

当时的确应该再仔细一点，床底这些地方也要搜到，兔田心想。一会儿是黑泽反抗，一会儿又是真正的父亲打来电话，令他手忙脚乱的事一件接着一件，害他耽误了正事。怎么就没搜床底呢？他心里充满自责。实际上，即使他早一点发现床下的尸体，事情也不会因此产生转机。

兔田一副破釜沉舟的样子冲向了二楼，就像要去看公布考试成绩的榜单。结果不到一分钟，楼梯上响起哐哐的脚步声，他又下来了。

他看了看勇介母子，一把撕下勇介母亲嘴上的胶带。“你说！这到底是怎么回事？”他声音嘶哑地要求她解释，“为什么会在床底下？你说！这到底是怎么回事！”

“我没说错吧？”现在只有黑泽很冷静。

“我们总得想办法啊！”说着，母亲流下眼泪，抽抽搭搭地哭起来。不只是今天发生的一切，此前的忍气吞声、她和儿子对倒霉人生逆来顺受的可悲……多年郁积的悲愤就这样倾泻而出。

起初，兔田还朝她叫嚷道：“你哭什么哭！”后来他明白了，在她控制住情绪的强烈波动之前，自己无计可施。他好像在等雷阵雨过去一样，静静等待着那位母亲开口。

很快，勇介说道：“是我干的。”

“你干的？”

勇介说，他当时走在一条狭窄的小路上，与迎面走来的一个男人撞到了一起，男人还推了他一把。为自保，他抱住对方的双腿，对方向后倒去，竟然就此丧命。他和母亲商量之后，把尸体运到了家里。“正在我们想该怎么办的时候——”

“我就来了？”

“于是我们就先把尸体藏到床底下了。”

既然之前不时提到《悲惨世界》，可能有读者会联想到青年马吕斯为了佯装不在而躲到床下的场景。这只不过是偶然，折尾折尾本来也不是自己躲起来的，而是丧命后硬被塞到床下的。

“那个人竟然是折尾折尾。”

“我们赶紧把他的包扔进垃圾袋，没想到里面有那个东西。”

“我该怎么办！”兔田绝望地扯着头发。

“我说得没错吧？”黑泽淡定地说，“不管怎么办，反正你要找的男人已经找到了，这不就都解决了吗？接下来你怎么办都行，先放了我吧。”

“不，根本没解决！”兔田放声大吼。黑泽和勇介他们都忍不住环顾四周，看看家具有没有因此晃动。墙上的时钟有些歪，是因为刚才的声音太大，还是本来就是歪的？勇介一脸茫然。

“请问……”勇介的母亲战战兢兢地开口了，她终于止住眼泪，声音微微颤抖，“请问，您现在是什么情况？如、如果您愿意说……”

我又不是在接受心理咨询，干吗要讲自己的事？兔田本应这样断然拒绝。可是，应该做的事做不到，这就是人类。兔田决定讲讲自己的处境。

“拜托尽量长话短说。”黑泽说道。

兔田点了点头，仿佛在说：那是当然。但经常越是打算长话短说，越会长篇大论。其中倒也夹杂着“总之”“简而言之”这样的词，但向在场的三人讲清楚事情的来龙去脉还是很花时间。“我心爱的绵子，啊，也就是我的老婆——其实比起老婆、夫人，我只想叫她绵子，因为她就是那样一个软绵绵的可爱女人——她被绑架了。我知道绑匪是谁，哦，不，我也是那个集团的一员。对，我本就不是个正经人，我是犯罪集团的一员。”他就这样杂乱无章地讲个没完。

听了这段根本不短的简短说明后，勇介的母亲问道：“只要找到那个人，您夫人就能得救吗？”

勇介叹了口气，黑泽耸了耸肩。

兔田指着天花板说：“你傻吗？那家伙就在上面，可是已经死透了！”

“啊，也是……”勇介的母亲瑟缩起身子。

“你需要把他活着带回去？”

“当然。折尾折尾弄走了我们集团的钱，现在这笔钱不知去向。”兔田已经不再排斥说出实情，甚至觉得隐瞒没有好处，一定要请大家听一听，体会一下自己的难处。与其独自面对种种辛苦与担心，不如倾诉出来更为轻松。“他们想知道钱在哪里，可我能让死人说话吗？”

“不能。不过，折尾折尾的死不怪你，对吧？既然这样，那你也没犯错。”

“这不是犯不犯错的问题。如果我不交出折尾折尾，他们就不会把人质还给我。”

“可是折尾折尾已经死了啊。”

“对不起。”

“要是道歉，我们应该对死者道歉吧？”

“我到底该怎么办！”兔田打心底里感到苦恼。他完全无法从容地为了演出效果而提高音量，此刻的大喊大叫只是内心恐惧的自然流露。

“你打电话解释一下如何？就说你找到了折尾，但他已经死了，问问他们该怎么办。说不定他们会夸你做得好呢。”

“不可能！”

“那你就离开这里，赶快去救你老婆。”

“我不知道她在哪里！”

“别这么生气，生气也没用。啊，的确，如果她在东京……”

“不，绵子在这里。”

“这里？”

“仙台，或仙台周边。”

“他们特意把她带来了？是要让她欣赏丈夫的活跃表现吗？”

“我们约定过，只要我找到折尾，就可以立刻交换绵子，所以他们把绵子带到了这里。总之，那帮人的时间也很紧张。”

“这样的话，”黑泽平静地说，“你就想方设法找出绵子吧，总比你待在这里有用，而且仙台也不算是大都市，对吧？”

“那帮人会搜索这个手机，随时定位我在哪里。”

“应该也不可能实时追踪。”发送定位的装置大多是将位置信息记录下来，或只在被搜索和收到消息时才显示位置。

“我不知道他们什么时候搜索。让他们发现我行迹可疑就糟了。”

“如果只看位置，看不出你是在找折尾，还是在找你老婆吧？你好好搜一搜仙台。再说了，手机还可能没电呢。”

“我的手机没电，那帮人的手机也可能没电。我更不知道他们会干什么了。”兔田这才想到，现在得充好电。

“总之，你最好赶快去找你老婆。”

“可我什么线索都没有。”

“下次对方打来电话的时候，你装作不经意地问问，怎么样？就说，喂，现在——呃，对方叫什么来着？”

“稻叶。”

“喂，稻叶先生，现在月亮在你的哪边？这不就多少能推测稻叶的位置了吗？”

“你傻吗？这叫不经意？他怎么可能说！”

“刚才不就说了吗？”

“啊？”

“你说那个人姓稻叶。就是绑架了你老婆，并向你发号施令的家伙。如果我直截了当地对你说‘告诉我他的名字’，估计你不会轻易告诉我。但如果我是出于其他目的而顺便问到，你一下子就说出来了。”

“是吗？”兔田心里开始动摇。在说出“稻叶”这个姓氏的瞬间，他曾想过是否应该说出来，但最后确实放松了警惕，觉得不过是个姓氏。

“和你聊别的事情时顺便发问，不让你察觉，你就会直接告诉我答案。就好像是假借要占卜，问出对方的生日一样。用这种办法问出稻叶的位置如何？你可以迅速赶过去，不过也不知道能不能把人救出来。”

“嗯，嗯。”勇介母子一心希望兔田赶快离开，便使劲点头肯定，却根本不明白黑泽的方案是什么意思。

“对方不是那么好骗的。我不去找折尾，反而去抢回绵子的可能性……呃，对了，有个很酷的说法叫什么来着？”

“夺回？”勇介说。

“对，夺回。他们一定料到我想夺回绵子，因此绝不会告诉我他们的位置。不知道位置，我就什么都做不了。期限快到了。”

“几点？”

“今天。今天之内，我必须把折尾带过去。他们还得从折尾隐藏的账户中给别人汇钱。”

“还有时间。你就对他们说已经找到折尾了，但路上堵车。堵车又不怪你。”

“这些借口根本行不通。堵不堵车一查不就知道了？他们要是识破我的谎言，绵子就惨了。”

“说不定真的会堵车。”

“你是让我现场拍视频给他们？看，现在刚好堵车，我可没撒谎——说什么傻话！如果他们让折尾接电话，不就全完了？”

这时，一个想法从黑泽脑海中闪过。使这件事成为白兔事件的计划——用一个并没有人会这样称呼的名称来说，应该叫白兔作战——就此诞生。

“就它了。”

“就它了？”

“实况直播。你把现在遇到的麻烦事原原本本地告诉那个稻叶。让他看看现实情况就是你无法行动。”

“要怎么做？利用网络给那家伙看？”

“正面进攻，采取简单易懂的手段更好，不会被怀疑。”黑泽指了指房间角落的电视。

“电视？”

“让电视台报道绑架案。对方只要看电视就能确认情况。”

“叫媒体来？”

“把事情公开。绑架案可是大事，只要上了新闻，稻叶就能知道你迟迟不去的原因。”不等兔田反驳，黑泽接着说，“对方可能会气愤地说这不是借口，但也可能不发火。只要你说能想办法找到折尾折尾，请他们等等，他们应该能同意，毕竟现在别无他法，还不能放弃你。只要向他们透露你有办法找到折尾折尾就行了。”

“可是，折尾折尾已经什么都做不了了。”兔田看向二楼。

“那也没办法，不过，你需要做的并不是履行和稻叶的约定。”

“而是把我的绵子抢回来，不，是夺回！”兔田每次说出“夺回”，都仿佛在独自呐喊口号，觉得自己满血复活。

“放手去做吧！借着直播绑架案争取时间，找到稻叶，然后你就赶过去——那个词怎么说来着？”

“夺回！”

“对，夺回你的绵子！”说到这里，黑泽停住了，好像在表示他已经说明完作战计划。

就像交响乐演奏结束，众人安静片刻后一起爆发出热烈的掌声一样，另外三人沉默片刻后，纷纷开始提问。

“怎么可能这么简单？”“怎么知道稻叶的位置？”“那我们会怎样？”

这三个问题好似和弦，黑泽无法一一听清，但大致知道他们想问什么。

黑泽想起了《古事记》中“因幡之白兔”的故事。

> 白兔从淤岐岛去因幡的途中，为了渡海而欺骗鳄鱼。白兔谎称要数鳄鱼的数量，让鳄鱼排成一排，然后自己从鳄鱼的背上跳过去。就在马上到达对岸时，白兔说了一句多余的话，可能是“你们被骗了”或是“短吻鳄，谢谢你们上当”。当时所谓的“鳄鱼”其实是鲨鱼，但总之白兔耍了鳄鱼。鳄鱼勃然大怒，剥掉了白兔的皮。

黑泽讲完这个故事，说：“你依此行事，不也能到达对岸吗？”

“可故事的最后，兔子被剥了皮。”

“忍一忍就好。”

“好，只要能到绵子身旁去，一两张皮算什么。”

“别管几张了。”

“到底该怎么办？我刚才已经说了，不知道该去哪里救绵子。”

“等一下。”黑泽突然想到了什么，向前伸出手，“与其这么麻烦，不如直接告诉警方。”

“告诉警方？”

“说你老婆被绑架了，请他们帮忙寻找，并逮捕绑匪，他们会帮你的。一开始这么做，问题不就解决了？”

不就解决了？兔田差点又要扯头发。“我也想过这么做。”他一直以为像警察这种国家机关的工作人员是自己的对头，但其实他们或许在保护自己。遇到紧急关头也可以依靠他们，不是吗？“但还是不行，不能相信他们。”

“什么意思？”

“如果警察找到了绵子，一路鸣着警笛开过去，稻叶肯定会认为是我背叛了他们，继而对绵子下手。”

“那就和其他绑架案一样，事先向警察仔细说明，请他们不要大张旗鼓地行动，嘱咐他们别鸣警笛。他们会小心行事的。”

“也许吧。可是之前出过几次事，我敢肯定警察中有稻叶的内线。听说，有警察为了免交赎金，向稻叶提供信息。如果他们知道我向警方求助……”

“这是你的臆想，警察中也许没有他们的内线。”

在这里说一下正确答案。警察内部确实有人和稻叶通气，但管辖仙台的宫城县警察局里倒是没有，毕竟在日本各地都安插内线是不可能的。兔田完全是杞人忧天，只是他现在还不知道这一点。

黑泽说着“应该没问题”，想要推进计划，但实际上并没有任何根据，所以他的话不具备说服力。不可否认的是，即使暗中求助警察，他们的行动也可能因为些许差错，被稻叶察觉。

“看来，还是只能找到稻叶的位置。”黑泽说出脑海中浮现的想法，“我们把问题简化一下如何？如果稻叶打来电话，查一下他的来电位置，就能立刻知道他在哪里。”

“我说，”兔田似乎非常惊讶，叹了口气，“这根本办不到。你想怎么做？那家伙连电话号码都隐藏了。”

“不显示号码？”

“这样你有办法查吗？”

“我？我当然没办法。”黑泽立刻承认，“不过——”

“不过？”

“警察可以。”

兔田皱起眉头，诧异地看着黑泽，好像在看一个精神不正常的男人。

“让警察去调查。”

故事讲到这里，敏锐的读者或许已经知晓白兔事件的来龙去脉了，但我也不能说“就是这么回事，接下来有劳诸位自行想象”，然后结束。

事实上，黑泽已经充分理解了整个计划的流程，但当时兔田还并未弄清楚。

“怎么让警察调查？”兔田皱着眉。

“一旦认定发生了绑架案，警察就会赶来。到时告诉他们那个电话号码和绑架案有关，他们不就会调查了吗？”

“反向搜索？”

“不用那么复杂。现在是数字时代，来电的一瞬间就能知道是哪个号码从哪个基站打来的。这和显示不显示号码没有关系。”

各运营商在协助调查时，对能否公开个人信息有详细的规定。

反过来说，通过合法的手段能立刻掌握相应的个人信息。

兔田还是无法理解。“你们说他知不知道自己在胡说八道？”他甚至想征求勇介母子的赞同。

勇介的确表达了疑问：“警方可以反向搜索来电信息，但那是为了办案，你怎么能知道调查结果呢？警察里有你的熟人？”

“半个熟人也没有，只能想办法接近警方的侦查队伍，说不定能得到信息。比如，以负责说服嫌疑人的人这种角色接近，如何？有没有那样的人呢？”

“不知道，有吗？能在警察身边获取信息的人，只有他们的相关人员吧？”

“福尔摩斯和柯南就在警察身边。”勇介插嘴道。

兔田生气地冲他说：“别闹！”

“为了说服绑匪而特意找来什么人，不是常有这种事吗？”勇介的母亲说，“以前的警匪连续剧中就是这么演的。”

“你们不要想到什么就说什么！”

“不，他们说的未必是错的。如果有能对警方起到重要作用的人——”

“没有这样的人！”

“嫌疑人要求带某人过来，有这种情节。”勇介的母亲似乎不肯罢休，又重复了一遍。

“如果是你，你想叫谁？你希望警方把谁带来？”黑泽看着兔田问。

对于兔田而言，他自然希望能把绵子带来，但这是不可能的。他想了想，说："那就折尾折尾吧。如果我是绑匪，应该会让警察带折尾折尾过来。无论结果如何，既然自己不能找，就让警察去找吧。"

"就这样！"

"什么就这样？"

"绑匪要求带折尾折尾过来，如果折尾折尾出现，就能待在警察身边。"

"你傻吗？折尾折尾已经死了。"兔田皱着眉指向二楼。

"假扮成他不就行了？"

"谁来假扮？"

黑泽依次看了看在场的三人：兔田、勇介和勇介的母亲，随后说："这其中的某个人。"他立刻明白，如果用排除法，就只剩自己了。

他正嘀咕着"我可不想去"时，兔田却把他的话当成了参选宣言，一脸诧异地问道："你去假扮折尾折尾？"

黑泽对此毫无兴趣，他十分清楚自己并不擅长扮演他人。再说，他扮演别人的父亲才刚被识破，实在提不起劲头了。不过，他还是准备接下这个差事——再这样下去也完全无法脱身，事情不会有任何进展。

"好吧，我来假扮折尾折尾，接近警察。"

"喂，你是认真的吗？"兔田大吃一惊。

“说实在的，我没那么认真。”

“别！”眼前这个男人如果甩手不干，自己就完全束手无策了，一想到这里，兔田不禁唾沫横飞地喊道，“别！请你一定要认真一点！”他已经非常拼命，但说出这种话也够任性的。

“折尾折尾是什么样的人？告诉我一些信息，我才能扮演他。”

兔田略显慌乱，但立刻说了起来：“折尾折尾是个……”要说折尾丰是个什么样的人，就好比开始了一个名为“折尾折尾入门”的讲座。兔田的语气仿佛在说“这是短期集训，可要好好记住集训内容”。就这样，兔田介绍起折尾折尾的种种信息：“那家伙是个咨询师，但我也不知道具体是做什么的。‘可以说以上都是正确的’，他特别擅长这样总结。说到星座，尤其是猎户座，他就忍不住要卖弄他的星座知识。”

仅凭这些真的能假扮折尾折尾吗？更重要的是，这样就能从警方那里获得信息吗？

“原来如此，可以利用那一点。”听完兔田的简易讲座后，黑泽说。

“可以利用哪一点？”

“我发现刚才说的方法有个缺陷。”

“刚才说的方法？”

“调查来电位置的方法。”

“不是让警方来调查吗？”

“没错。如果只是向警方展示稻叶的来电，并告诉他们这就是嫌疑人的位置、这个来电位置很可疑，会怎么样？”

“会怎么样？警察会调查，你刚才不是这么说的吗？”

“没错，但调查出结果后，警察会前往那个地方。”

“嗯……”

“警车或许不会一下子蜂拥而至，但就像你刚才说的……”

“那就糟了。如果警察出动，稻叶很可能事先得到消息。”如此一来，绵子将更加危险。兔田又问：“你说该怎么办？”

当然是用那一招。黑泽决定利用折尾折尾喜欢卖弄猎户座知识这一特点。“如果告诉警察来电位置是嫌疑人的所在地，警察就会包围那里。让他们认为来电位置只不过是找出嫌疑人的参考，如何？”

“你说得再明白点。”

“已经再明白不过了。”黑泽还是换了一种说法，“比如在纸上画一个点，说这里真是奇怪，就会引起对方的注意。”

“那是自然。”

“如果画四个点，连成一个四边形，并做出两条对角线，然后指着对角线的交点，又会如何？”

“嗯……会注意到中间。”

“对角线的交点，对吧？反而不太注意四边形的四个角了。”

“那是因为你用的这种话术。”

“你看，”黑泽说，“对方要是没注意到四个角上的点，就不会立刻出动警车赶到那里。”

兔田张了张嘴，本想反驳黑泽，却不知该说什么。过了一会儿，他才唾沫横飞地问：“能这么顺利吗？”

“顺不顺利，我也不知道。”黑泽叹了口气，“但也只能这么办了。”

此刻，兔田孝则正驾车赶往绵子所在的地方。“这个导航真看不明白。就没有近道吗？近道！”他一个人发着牢骚。

汽车导航会根据路况选择最短的路径。无论导航选择哪条路，都不会有更好走的路线。但眼前亮起的一排排红色汽车尾灯，却好像一定要堵住兔田的去路似的，真是令人同情。兔田感到老天也在和自己作对，却没有任何办法。

快点动起来！他百般焦急，脚踩在油门上，腿上下抖个不停，但他同时告诉自己，好不容易走到了这一步，现在要是出交通事故，就全完了。

在兔田还没弄清楚情况时，一切都按照小偷黑泽的安排进行着。总之，现在已经走到了这一步。看着前方停滞不前的车流，兔田回想起在那栋房子里发生的事。

“如果真如你所说，警察反向搜索到了稻叶的位置，还是有问题。”兔田对黑泽说。

“比如？”

“来电。”

“来电？”

“稻叶搜索我这个手机的定位，就能知道我在哪里。为了不让他起疑心，我必须一直待在这里。”

“那就把手机留下，你去别的地方，不就行了？”

“如果稻叶打来电话怎么办？我得和他说话。”

“那你带着手机走？”勇介问。

“我刚才不是说了，如果手机不在这里，我的行动就暴露了。”

“啊。”

“已经没有办法了。”

“不必担心。”黑泽一副漠不关心的语气，“在知道稻叶的位置前，你待在这里就行。如果他来电话，你就接。确定他在哪里之后，你再离开这里。就这么办。啊，对了，你离开时，把手机留下如何？这样他就会以为你还在这里。你趁此机会赶过去，给他个惊喜。”

“可是，把手机留在这里，他打来电话时不还是没办法应对吗？”勇介问。

同一个问题来回来去地说，简直是在原地打转。

“只有一次的话，应该能糊弄过去吧？”黑泽说。

“一次？”

“电话不会来得那么频繁，对吧？你离开后，也就会来一次，顶多两次，糊弄过去不就行了？”

“别说傻话了，我的声音和——”

“你的声音不就是有些哑吗？”黑泽指着兔田说。

“你以为是谁伤了我的喉咙！”

“下次稻叶打来电话时，你就说喉咙越来越疼，发不出声音了。之后就算声音多少有些不同，对方也不会怀疑。”

“你傻吗？对方那么好骗？”

“只要说话时不露出破绽，陌生人还能被当成家人呢。就因为这样，电话诈骗才会大行其道。”

稻叶在开始做绑架业务前，就是靠名单和演戏进行电话诈骗的。了解此事的兔田无法以一句“不可能”回应黑泽。分不清家人和陌生人的声音，乖乖送钱的人太多了。再说，这是兔田第一次和稻叶直接对话，稻叶并不熟悉他的声音。

兔田没说话，反复琢磨着黑泽的提议。片刻后，他大声喊道：“啊，还是不行！不可能！”

“怎么不行？”黑泽的表情没有丝毫变化。

“本来就不行。你听着，我们来整理一下。一开始，你说先制造一起绑架案，让电视台直播。”

“这样一来，稻叶便能得知你现在无法行动。”

“然后你说让我待在这里，如果稻叶打来电话，我就接。”

“即使他搜索你的定位，也不会起疑心。等反向搜索出稻叶所在的地方，你再离开这里。”

“你傻吗？”

“什么意思？”

“一旦发生绑架案，这里肯定要被警察包围，电视台才会直播，是不是？”

“是吧。”

“那我怎么出去？等我知道稻叶在哪里，大喊一声‘好，出发’，就这样一出去，不是全完了？警察一下子就把我抓住了。”

“原来是这样啊。”

“什么‘原来是这样啊’。别开玩笑了，这个方法根本不可行。”

“抱歉。”黑泽说。

“我不是想让你给我道歉。竟然对身为小偷的你充满期待，是我错了。真是的！”

“我是为自己没解释清楚而道歉。”

“没解释清楚？”

“是的。你听着，是会发生绑架案，但绑匪不是你。”

“我不是正在这里劫持人质吗？”

“是制造另一起绑架案。”

啊？

“在隔壁家。”

兔田的车终于驶出堵车路段。经过路口后，车流量有所改变。路上仍算不上一路畅通，但至少动了起来。

太好了！兔田踩下油门，左右并线，全力向前开去。绵子，等着我！我马上就到！他几乎要叫喊出来。

接下来，我们只需要祈祷他不要因太过着急而发生交通事故即可。只是事件详情还没有讲完，应该继续讲下去。在此期间，诸位请不要忘记，兔田的车正全力朝着绵子驶去。

兔田站在黑泽面前，眉头皱得更紧了。“等等！隔壁家？那里有谁？要在那里制造绑架案？”

“一个人也没有。”

“胡闹！你知道你在说什么吗？”

“你听着，我原本在隔壁家开保险柜，毕竟闯空门是我的工作嘛。”黑泽朝隔壁努了努下巴，问勇介和勇介的母亲，“你们认识那家人吗？”

母子俩同时摇头。“听说上一家搬走了，房子卖给了其他人，但我们都没见过新住户。”

“好像是个骗子。”

“骗子？”

“专门骗老年人的。听说那人出远门旅行去了，不在家，我才进去的。”

“出远门？去哪里了？”

“宇宙的另一边。”

“你在胡说什么！”

“总之，那栋房子里没人。”

“没人的房子里会发生绑架案？”

“严格来说，不会，但我们可以让它发生。”

“让它发生？”

“只要看上去像那么回事，不就行了？从隔壁家报警，说‘有个陌生男人闯进来，我们被绑起来了’，用手机打就可以。如果警察调查手机的定位，会发现是从那栋房子打来的。那家人姓什么不重要，就姓佐藤吧，警察会发现电话是从佐藤家打来的。”

“隔壁家的人到底姓什么？”勇介问。

“那人专骗老年人，应该不会用真名，存折上的名字也是五花八门，所以一时半会儿能糊弄过去。警察搜集案发现场住宅的线索时，主要从房地产公司和税务部门等机构入手，但最快的方式，还是向邻居打听。只要有人能证实佐藤一家三口住在那里就行。即使早晚都会露馅，但至少能瞒一阵子。”

“先不说谁能证实，谁去隔壁家扮演绑匪？”勇介问。

“就是就是。”兔田点头表示赞同。

“我有人选。”此时黑泽想到的自然是今村他们。问一下今村和中村，还有和今村同居的大西若叶，他们应该会帮忙，黑泽记得他们有好几个不会暴露行踪的工作手机。黑泽并不想欠他们人情，但只要假装忘记这件事就好。“你对稻叶说，出了一点小差错，不得不劫持人质。”

“等等！我还没——”

“总之，你坚持‘我肯定能把折尾折尾带过去，我自有办法’，对方也只能等你，至少不会立刻对你老婆下手。”

实际上，连黑泽都没料到稻叶已经对绵子拳脚相加，所以，应该说稻叶早就对绵子下手了。

“在隔壁家制造绑架案……”兔田喃喃自语的样子就像学生怕一回家就忘了上课学到的内容，于是在心里不停默念，“但我在这里。”

“稻叶在电视上看到隔壁家的房子，应该会认为你在那里。”

“然后呢？”

“我假扮折尾折尾接近警察，获取他们反向搜索到的定位，再给你发邮件。”

“请问，我和勇介呢？”母亲突然提高声音问道。

“怎么了？你们有什么问题？”

“我们该怎么办？”

“怎么办？你们爱干什么就干什么，这是你们自己家啊。”

“可是，那、那个……”

“哪个？啊，你说尸体吗？”

不用说得这么直白吧？母子俩同时露出了悲伤的神情，黑泽自然不会在意。

“你们最好和警察说实话。本来就是因为你，折尾折尾才摔死的，当时就应该立刻报警，现在也还不算晚。对了，你们把尸体搬到家里来，打算怎么办？为什么要这么做？”

“呃……那个……”母亲面如土色。

“那个是哪个？”

“我想保护我的孩子勇介。”

“这叫什么话？”兔田一脸震惊。就像看到寄来的商品宣传单，不堪其扰地要将其撕碎一样，他态度冷淡地说：“你爱孩子，就能当他没有杀过人？你觉得这是可以允许的？”

“我没那个意思，只想尽力而为。”她之所以这么做，全因她可怜自己的儿子。一直以来，她都规规矩矩地活着，从不给别人添麻烦，却总是灾难连连，不情不愿地承受着一切。她并不奢求有一天人生能发生什么惊天逆转，只盼望有一天努力能得到回报。

她抱着这样的信念忍受丈夫的暴行，结果却还是这样，自然心灰意冷。

当听到勇介在电话里说“人死了”，她就已经做好一切都结束了的心理准备。说得更直接一些，她想就这样结束自己的人生。接下来她所做的，不过是在绝望中抵抗和向人生复仇。尽管都是徒劳，那也要把能做的事情都做了吧。

“如果将他的死因伪装成高处坠落，或许能隐瞒真相。”母亲声音颤抖，“比如从我家二楼把他推下去。”

“从高处坠落？你傻吗？”兔田不屑地说道。

“你打算让他从二楼掉下去，后脑勺着地？”黑泽冷冷地问，“这很难解释得通，折尾折尾为什么会从你家二楼掉下去？”

“就说他闯了进来。说他是小偷也行，被我猛地一撞……”

“或许这是最适合小偷的死法。”黑泽的话里有些自嘲的意思，“不过，我不认为警察会相信你，他们会验尸。”

“识破就识破，但我想试试。”

在黑泽眼中，母亲的形象一下子高大起来。她的目光中不再流露恐惧，而是燃起了熊熊的意志。为了保护我的孩子，就算扑过去咬人也在所不惜！

“和警察说实话才是上策。”要小花招只会加重罪行。如果一开始就报警，倒是有可能被判定为面对折尾暴力袭击时过度防卫。“现在也不算晚，只要向警方自首就行。”

母亲似乎还没有下定决心，喃喃自语着什么。与其说害怕被问罪，不如说她在犹豫是否还要忍受这无聊的人生。

“既然如此，”黑泽不带任何感情地说，“请把那个东西借我一用。”

“借你一用？”

随后，中村接到了黑泽的电话。听到给自己安排的任务，中村先是表示嫌弃：“让我们和尸体待在一起，太恶心了。”

“总有一天你也会变成尸体，别说什么恶心不恶心的。”

“这是两码事。再说了，什么‘总有一天你也会变成尸体’，别说这么可怕的话。”

“总之，你最后要把那具尸体从房子里推下来。看上去像是绑匪放弃逃跑，破罐子破摔，自行跳楼了。”

“喂，我说黑泽，这行得通吗？”中村这么问也是理所当然。只要警察详细调查死因并推断出死亡时间，很容易发现破绽。

“或许行不通。”

“我服了，你到底哪句是真话？你这家伙！”中村叹了口气。

“早晚都会因为验尸露出马脚，这也没办法，不过，一场轩然大波正好可以终结整个事件。”

“等等，我确认一下。我和今村只要假扮绑匪，在那栋房子里和警察交涉就行，对吧？”

“没错。你扮演绑匪，今村扮演年轻的人质，但你们要假装人质是一家三口。”

“一家三口？为什么？”

“万一新闻里报道了人质的数量和性别，需要对得上。”

兔田已经告诉稻叶这家有父亲、母亲和一个二十多岁的儿子，必须让稻叶相信兔田就在报道中所说的绑架现场。如果人质数量和已知的家庭成员有出入，稻叶会起疑心。另外，兔田和黑泽打斗时弄伤了喉咙，声音嘶哑，黑泽也提醒中村要牢记这一点。

“黑泽，你要在警察面前画猎户座吗？你可真是……这么做，警察肯定会冲你发火。估计他们最讨厌的就是别人在自己面前画猎户座。”

“可能吧。”

“你觉得警察能任由你信口开河吗？”

“我会找几个能描出猎户座形状的地点，做一份地址清单。不是从那个骗子的保险柜里拿到了受害者名单吗？我在此基础上加工一下。如果警察打电话去问，对方确实曾受骗，那就显得更加真实了。不过，他们也许不会立刻一一确认吧。”

“若叶也有任务吗？”

“如果可以，可能要让她扮演几个角色，比如附近的住户。警察为了调查发生绑架案的那户人家的信息，应该会在附近走访调查。到时让若叶装成住户，向警察提供佐藤家的假信息，再告诉警察我藏身的地方。”

“你要藏起来？”

“我会作为折尾折尾藏起来。绑匪会要求警方找到折尾折尾。”

“你说的绑匪就是我？”

“没错。你要向警方提出这个要求。一会儿你拍一张我的照片，差不多能认出我就行，然后发给警方，对他们说‘这就是折尾折尾，快去找’。一下子就找到我显得太假了，让大西若叶找个差不多的时机报警，说看见那里有个人很可疑，这才真实。”

“警察最后会攻进那栋房子，是吧？我指的是把尸体从二楼扔下去之后。到时人质就变成我和今村两个人了。既然说过是一家三口，警察肯定会奇怪母亲为什么不在。”

“很有可能。”

“那该怎么办？”

“就说是绑匪命令你们给警察提供假消息。这部分怎么说都行。”黑泽突然显得略有不安，换成了和朋友商量的口气，“这样不太合理吧？”

“被绑匪威胁而不得不这么说，这种情况也有可能。”

“那就好。”

“不过，还有别的问题。”

“还有吗？”

中村咂了一下舌。“之后，我们会被警察带走。”

“作为绑架案的人质。”

“警方马上就能发现我们不是那家的住户，难道他们不会怀疑我们吗？”

“你不喜欢被怀疑？”

“我今后还打算在仙台生活下去。这是座宜居城市。我可不想引起警察的注意。”

“引起注意就不是宜居城市了。”

“你根本就不管我们以后会怎样，是吧？”

“别说这么令人难过的话。”

“亏你能说得这么冷漠。我们岂止是难过，根本就是走投无路。”

“你可以利用那个。听说你最近攒了很多制服？”

“制服？”

“像警察制服、比萨快递员制服之类用来伪装的制服啊。里面有没有特搜队的？”

“你怎么知道得这么多？”

“你就说有没有吧？”

“现在网上什么都买得到，够吓人的吧？黑泽，我连 shield 都买了。”

“Shield？”

“就是盾牌啊。反正是伪装用的，我本来打算买个差不多的东西，没想到和真的一样。”

“和真的一样不是很好吗？”

“可是太重了。”中村好像感觉到背上的重量一样耸了耸肩，“我本想只要看上去像那么回事就行，但网站上什么都看不出来。”

“你没确认一下重量吗？”

“快递小哥搬得也很痛苦。”

“真令人同情。”

“不过，黑泽，特搜队制服能派得上用场吧？也对，电影中常演嫌疑人假扮成特搜队员混入突袭进来的警队中，成功逃脱。”中村又补上一句，“原来如此，是这么回事啊。”

“没错，像电影中演的那样做就行。先把尸体从上面扔下来，这突如其来的一幕会引发骚动，警察也会乱了阵脚。这时候比较容易混进队伍。”

“可是，我们假扮成特搜队员跑出去之后，情况就变成绑匪已经跳楼，而且到处找不到人质的影子。”

“没错。”

“警察进来一看，屋里一个人都没有。本以为从二楼掉下来的那个人是绑匪，仔细调查后却发现他早就死了。”

“如果警察认真调查的话。”

“肯定会认真调查，这也太让人一头雾水了。”

“让谁一头雾水？”

“你说谁？知道这件事的人啊。人质去哪里了？这具尸体是怎么回事？警察对此也无法说明，多伤脑筋！”

“警察伤脑筋，那我们伤脑筋吗？”

“我们不会吧？”

“也没有给别人添麻烦。”

“好像确实是这样。”中村小声说了一句，又问道，“可是，那对母子怎么办？”

“母子？”

“黑泽，你怎么有时候看上去一切尽在掌握之中，有时候却连自己叫什么都不知道呢？你不是在装傻吧？如果警察调查那具尸体，那对母子不就有麻烦了？”

“如果警察认真调查的话。”

“那帮警察和我们不一样，肯定会认真调查，你还要让我说几遍？这样一来，他们两个人会被问罪吧？”

面对折尾折尾的挑衅，年轻男子选择自保，却在情急之中不慎致使对方死亡，随后男子又与其母亲故意隐瞒真相，因此应该都会被问罪。

“那有什么办法，本就应该这样。那家的儿子确实值得同情，法官说不定会从轻处罚。”

“如果法官认真审判的话。”

“法官和我们不一样，肯定会认真审判。总之，那母子俩好像已经看破红尘，怎么样都无所谓了，而且看起来很有干劲。”

“对什么有干劲？”

“此次作战。”话音刚落，黑泽立刻意识到“作战”这个词太幼稚了，好像小学生在搞什么秘密基地。

“估计是破罐子破摔吧。”中村叹了口气，“儿子杀了人，持枪男子闯入家中，还冒出一个厚脸皮的小偷，这简直是盂兰盆节和正月新年一起到来。”

“持枪的盂兰盆节，和二楼闯入的正月新年？”

“这种心情我也不是不能理解。”中村突然话锋一转。

“什么意思？”

“你不是说这家父亲的为人不怎么样吗？喜欢玩真人 CS。”

“玩真人 CS 本身并不犯法。人和动物一样具有攻击性，我倒觉得用那种方式来发泄情绪，有益身体健康。”

“黑泽，你以前也说过类似的话吧？”

黑泽有时会提起国外的一项实验。在不易产生冲突的环境中，以养育性格温和、没有攻击性的孩子为目标，真的能成功吗？结果是不能，这样养育出来的孩子只要稍微受一点刺激，就会攻击别人。人类——动物自然也是如此——本就具有攻击性，重要的不是消除攻击性，而是通过合理发泄来控制攻击他人的欲望。

“这家的父亲在家里也用气枪朝家人射击。”可以说，他是发泄过度了。

“太过分了。待在这样的家里，每天就像在黑暗狭窄的隧道中沉重前行，永远没有尽头。就算好不容易走出来，人生也随之终结了，还不如趁着盂兰盆节和正月新年的机会，粗暴地撞坏隧道，然后逃出去。”

“有道理。难怪。”

“难怪？”

“难怪他们借车给兔田时那么爽快。不但没有不情愿，反而很积极。”

“请用我家的车吧！到时我们从家里出来后，把车停到附近，随时待命，你要出发了就过来。”母亲的眼神并不平静，声音却无比清晰。

儿子勇介先是一愣，接着也点头说：“是的，请用我家的车吧！”

知道绵子的位置后，兔田想尽快赶过去。对他而言，怎样前往是个大问题。勇介母亲的提议简直是及时雨，但她说得太爽快了，反而令兔田有所提防。

“我丈夫特别爱惜家里的车。”母亲说道，“上车时必须脱鞋。有几次因为车没洗干净，还挨了他的打骂。他把车看得比家人还重要，真的。”

“那就对不住了，我很着急。”

“您的意思是……”

“我会开得很猛，也许会有剐蹭。”

“好，好！”母亲的声音听上去很兴奋。这并不是兔田的错觉，母亲确实打心底里开心地说：“请使劲开，把这车开烂！”

这时，母亲的手机又响了。兔田拿起手机，看了看屏幕说：“又是父亲打来的？”

黑泽看到母亲的脸色一下子变得苍白。和眼前的异常状况相比，母亲似乎更害怕自己的丈夫。

“让她接电话比较好吧？”兔田的语气仿佛在等待指示。

黑泽苦笑了一下，说：“啊，让她接电话比较好。”

兔田点点头，把电话放到母亲面前。刚才的经历并没有让他产生“我们是同伴”的意识，但兔田也没有再冲她喊“别说多余的话”。

母亲按下通话键，把手机贴到耳边。“是，对不起。”她向丈夫道起歉。或许是因为刚才说了“我一会儿给你打回去”，却没有做到，对方正在发脾气吧。黑泽望着她，心想，那位父亲绝对不会想到家人正在经历什么。

一直道歉真是辛苦啊。

就在黑泽对此深表同情的时候，母亲突然提高了音量。“老公，你一定会大吃一惊！”她好像豁出去一般，“你做好准备吧！”

电话那边的父亲似乎真的吓了一跳，纳闷地问道：“喂！怎么了？”

“出大事了！”母亲看上去相当高兴，“不过……”她可能要说：这样也许比维持现状好太多了。

中村听黑泽讲完，苦笑道：“看来她也只能豁出去了。”

“她早就应该这样豁出去反抗一把。”黑泽耸耸肩，“好了，我们再来确认一下你和警察交涉的步骤吧。”他看着纸上写的警察可能会问到的问题，像给一个学业不怎么开窍的孩子上课一样讲解起来。

现在，白兔事件的大致情况差不多讲完了，当然还有需要补充的部分：兔田已经驾车来到仙台港附近。他仰望着高架桥，驶过县道，进入了一条昏暗的小路。至此，关于事件背景的讲述先告一段落。

透过车前窗，兔田面前是无边的夜空。

在几近黑色的蓝褐色天空中，散布着大小不一的光点。如果注意到空中有三颗格外亮的星星，应该能看出猎户座的形状，但兔田现在根本没那个心思。他紧握方向盘，全力朝前开去。英姿勃发的勇士奥利温正手持武器隐身于夜空中，鼓舞着兔田。这个故事也在飞速向尾声驶去，虽然和兔田用力踩下油门没什么关系。

终章的舞台位于仙台港的仓库内。此时，稻叶和他的两个部下仍在对绵子大打出手。

“你老公怎么回事？不和我们联系，也没有任何行动！”稻叶凑近绵子准备踢她，“跳下来的这个人是兔田吗？”他指着笔记本电脑上的直播画面，问身旁的两个部下。

“我们也不知道是不是。”二人只能给出如此含糊的回答。

因绑匪从二楼跳下，案情形势急转直下。记者们见状，个个兴奋得两眼冒光。“刚才突然传来咚的一声，甚至能感到地面震了一下。”“紧接着，声音像被什么东西吸走了，一切又归于寂静。”他们用各种表达方式讲述着那一刻的体验。

绵子并不了解详细情况，但从险恶的处境中，她能感觉到兔田可能出事了。这个想法让她焦急不安，已经忘记了浑身的伤痛，一遍遍祈祷着兔田一定要平安无事。

刚才稻叶给兔田打了电话，兔田没有接。按照事先约定，如果兔田不接电话，一切将到此结束，稻叶会杀了绵子。但现在，稻叶想先弄清楚情况。就在这时，绑匪从二楼跳下的画面出现了。

“兔田说，无论如何他都会带折尾折尾来，让我们等着他。结果他却什么也没干，直接从二楼跳了下去。看来他已经不管你了，想把麻烦事全抛开，自己一死了之。”

“不……”绵子颤抖着肿胀的嘴唇，用嘶哑的声音拼尽全力说道，“不会的！”

“可他不是已经跳下去了吗？”

“那肯定是因为他想逃脱出来。时间拖得越长，我就越危险……孝则苦思冥想后，觉得奋力一跳就、就能冲破警察的包围，决定干脆从二楼跳下去。他就是这么单纯又豪迈的人……”绵子断断续续地说着。

稻叶不屑地笑了笑。“他真是个十足的蠢蛋。”

既然兔田没有遵守约定，那对于稻叶来说，绵子也没有用处了，没必要带她回东京。接下来只要吩咐部下随意处置，最后收拾干净，绵子的事即可了结，稻叶对此完全不担心。可是折尾折尾的事情还没有解决，毕竟时间不等人，汇款期限已经逼近。

只能靠自己在仙台市内找折尾了吗？怎么找？想着想着，稻叶打算再看一眼兔田的位置。他用电脑搜索起来。重新打开地图需要些时间，稻叶等了一会儿，随即惊呼出声。

“发生什么事了？”

“兔田的位置一直在动！现在移动得更明显了。”

“会不会是他跳下来之后被救护车抬走了？”这个部下的脑子比外貌要好。

稻叶的脑海中闪现过这种可能。他又将视线移回直播画面，发现现场还没有嫌疑人被担架抬走的迹象。那样的场面对于媒体来说，简直是值得永久保存的经典镜头，一旦播放出来，会取得更加轰动的效果。现在，记者们却苦于没有精彩报道可以跟进，脸上甚至流露出一丝焦躁。

难道兔田离开现场时没有被发现？还是只有他的手机在移动？

稻叶再次给兔田打去电话。拨号音回响在寂静的仓库里。“如果兔田这次还不接，他就毫无用处了。忘了这只傻兔子，我们自己去找折尾折尾。”正说着，电话接通了。

“喂？”一个低哑的声音传来。

“兔田吗？”

“啊，稻叶先生。”

想必诸位已经知道此人并不是兔田。手机正在黑泽手中，接电话的人自然是黑泽，而稻叶没有留意到这一点。他逼问道：“喂！你在哪里？刚才为什么不接电话？现在是什么情况？赶紧说！”

或许应该先告知诸位，听到这些话的绵子露出了放心的神色——孝则没事，太好了！

“我总算逃出来了。”黑泽说。

“哦？”稻叶又看了看笔记本电脑上的画面。兔田的位置没变，还在发生绑架案的那幢独栋住宅附近。稻叶本想问兔田是怎么逃出来的，但随即打消了这个念头。管他是怎么逃出来的。“折尾折尾呢？找到了吗？”

“应该没问题。”对于刻意发出这种嘶哑的声音，黑泽已经感到厌烦。

“没问题？你有线索吗？”

“一找到他，我就立刻去你那里。”

“听好了！你再不快点，你的宝贝老婆就——”

“会变成星星。”倒不是黑泽粗心，但他还是不小心恢复了平时的语气。

稻叶觉得奇怪，反问道：“你说什么？”他根本没有想到电话那头另有其人，顶多有些怀疑兔田是不是受了什么打击，怎么变得这么古怪。“喂！你没事吧？”

“我很快就能找到折尾折尾。把他带去哪里？”

稻叶很想骂一句“你竟敢用这种口气和我说话”，但时间不容浪费。

他觉得差不多可以把仓库的位置告诉兔田了，但刚准备说的时候又停住了。兔田的口气听上去颇为逆反，这是因为说话的人是黑泽。稻叶认为不能大意，还是得把主动权握在自己手中。感觉如此敏锐，行事如此谨慎，稻叶确实不简单。

“十分钟之后我再给你打电话。这段时间你要找到折尾折尾，然后我会告诉你碰头的地点。”

“十分钟。”

“听好了！十分钟之内想出办法，否则这个女人——”

“会变成星星。”

“什么？”

“啊，没什么。”

“喂，兔田，你好像很沉得住气。”

“知道了，稻叶先生，十分钟，我会在十分钟之内找到折尾折尾。”停顿片刻后，黑泽又假惺惺地说了一句，“一定会的。”

听到对方挂断电话，稻叶一肚子火。“结束不结束通话、挂不挂断电话,应该由我来决定好不好？你算老几啊？”稻叶小声骂道，顺势朝绵子踢了一脚。只说“踢了一脚”或许给人一种轻描淡写的感觉，但其实绵子身上已经青一块紫一块。刚才被稻叶的脚尖踢到的部位传来一阵剧痛，她不禁发出声声惨叫，实在惨不忍睹。在此，我只想用干巴巴的“踢了一脚”一笔带过。

“怎么了？”一个部下问，“兔田还活着？”

稻叶回头瞪着部下。“好像是，他从警察的包围中逃出来了。”

绵子疼得五官扭曲，闻言一下子抬起头来。

“那折尾折尾呢？”另一个部下问。

“兔田打算找到他。”

稻叶低头看了看绵子，笑着说：“你这张脸真难看。太可悲了，要恨就恨自己无能吧。”

到目前为止，一切都在兔田的意料之中。当稻叶以为他还在North Town时，他已经驱车来到稻叶所在的地方，突然现身。趁对方不明白他怎么会出现在这里而陷入混乱之际，他掏出枪大喊：“不许动！”一枪！两枪！他瞥了一眼挣扎的稻叶等人，救出绵子，扬长而去。这便是兔田想象的场面。作战讲究出其不意！说是“作战”太过简单，总之，最重要的就是“出其不意”。

兔田已经到达他所知的地点附近。

一片仓库中只有一处亮着灯，他判断绵子应该在那里面。完全正确，稻叶他们就在那间仓库中。

妻子成为人质，自己只得被迫去找折尾折尾。在知道折尾折尾已经丧命的那一刻，兔田陷入绝望，觉得一切都完了。用黑白棋来说，就好比棋盘上的棋子几乎都变成了稻叶一方的颜色，自己投降只是时间问题。当他来到这里，棋局才发生了很大的变化。

兔田本以为已方起死回生，棋子数量大增，再走一两步就能赢，但就在刚才，仓库内的稻叶“啊”地惊呼一声，形势又转变了。

稻叶正向两个部下讲刚才电话的内容，又问了一句：“该不会出什么事了吧？”

“您是指？”

总觉得刚才那通电话有点奇怪，稻叶重新思考起来。

兔田的声音听上去有些生硬，但很沉着。这是自然，因为那不是兔田，而是黑泽，但现场没有人指出这一点。

真如那家伙所说，他逃脱了警察的包围。真的吗？对此，稻叶仍抱有怀疑，且疑心越来越重，快要令他难以承受。兔田是不是已经被警察抓住了？

稻叶眼前浮现出这样的情景：警察将兔田团团围住，质问道："说！你的同伙在哪里？"他越想，这个情景就越清晰。

难道警察要利用兔田把我们一网打尽？稻叶不由得一哆嗦。刚才兔田在电话里说话那么不自然，肯定是因为周围有警察。这么想就不难理解了。

稻叶猜错了，兔田没有被警察抓住。电话那边的人是黑泽，所以稻叶担心的事情并未发生，但他确实突然紧张起来。

"去看看外面的情况。"他带着一个部下走出仓库。

之所以会留意外面，是因为他想起电话那头的人，也就是黑泽说过"会变成星星"这句话。这个世界上，真是说不准什么事物就会成为一个契机。某人不经意的一句话，由于被过度解读或是胡乱臆测，就可能改变历史。

稻叶是想看看夜空，还是因为折尾折尾痴迷猎户座，为谨慎起见，他想确认一下猎户座的位置？是因为担心外面有警车，还是仅仅想要呼吸一下新鲜空气？他自己也说不清楚原因，但凭着一种野性的直觉，也可以说是坏人独有的对危机的预知能力，他警惕地走出仓库。

就在这个时候，兔田来了。他下了车，慢慢靠近仓库，打算突袭。他万万没想到自己会被打个措手不及，所以简直可以说是大摇大摆地走了过去。很明显，此刻疏忽大意的不是稻叶他们，而是兔田。

就在兔田准备掏出手枪时，稻叶和部下已经先一步亮出了枪。“不许动！”

啪啪声不断在兔田的脑海中响起。那动听却煽动起焦躁情绪的声音，正是棋盘上的棋子一个个翻了回去。

“喂！怎么回事？到底怎么了？”稻叶让部下从兔田身上夺过枪，“定位显示你离这里很远，你把手机留在那里了？”

兔田涨红了脸，直喘粗气。本想突袭，没想到被突袭的人是自己。现在，他满脑子都是局势逆转的棋局，根本无法好好思考。

“刚才电话不是接通了吗？那是别人？”稻叶终于想到了这一点，“难怪听着不对劲！那人是谁？喂！兔田，你没把警察引来吧？”稻叶少有地激动起来，枪口狠狠顶到兔田的脑门上。“说！怎么回事！”

“没有警察，只有我一个人。”兔田总算说出一句话来。他十分恐惧。自己就不用说了，连绵子也会被打死吧。

头顶的夜空中星光闪烁，仿佛有人正在遥远的地方透过那些小孔窥视。所有人都屏息凝神，四周一片寂静。

确认过周围没有车驶近的迹象，稻叶才松了一口气，向部下命令道：“你去仓库拿胶带，把他绑起来！”那个部下正准备朝仓库走，稻叶又叫住他，冷笑着说：“到了里面不要说兔田来了。我想到一个好玩的游戏。”

“绵子没事吧？”兔田问。稻叶用枪口敲了敲兔田的脑袋，意思是让他注意措辞。兔田随即改口：“请问，绵子没事吧？”他意识到自己无计可施，异常恐慌。

“哭什么哭，脏死了！”稻叶对兔田嗤之以鼻。

这时，部下拿着胶带回来了。

“绑上！”

兔田双手被反绑，跪坐在地上。他的脚踝到膝盖都被胶带一圈圈绑了起来。

“要这么结实？”连稻叶的部下也觉得可以了。

“这样正好。”稻叶从仓库附近拖来一个大麻袋，“装进去。”

兔田嘴巴上贴着胶带，因不知道自己将被如何处置而神色惊恐。驾车来的路上，他一直在想：绵子，等着我！稻叶，到时候你可别哭！此刻，那股十足的干劲烟消云散，他只觉得一切都完了。他被绑得结结实实，全身簌簌发抖，连保持清醒都很难。

“听着，别乱动！”稻叶说，“进去后老实点！我再给你一次机会，如果你办到了，我就放过你。”

眼泪汪汪的兔田战战兢兢地看着稻叶。

“你以为我在骗你？”

兔田自然认为稻叶在骗他。

“没了你，就没人去找折尾折尾，所以我不会要你的命。但你不和我联系就突然跑来，是想先对我下手，没错吧？”稻叶皱起眉，“你怎么知道这里的？”他一把撕下兔田嘴上的胶带，像要故意弄痛兔田。

兔田差点口吐白沫。“呃，我拼命找到的。”

稻叶把胶带贴了回去，心想，这家伙已经没用了。他命令部下将兔田塞进麻袋，在封上袋子之前凑过去说道：“别动！现在我要把袋子带到仓库，让你老婆猜猜里面是什么。如果她猜出是你，那就过关。不过你绝对不能动，要是稍微动一下或者发出声音，游戏就结束了。我决不会放过你们，会隔着袋子杀了你！”

兔田在麻袋中蜷起身体。

稻叶冷笑一声，用胶带封起袋口。“行了，搬过去！搬得动吗？”

体格健壮的部下一把扛起麻袋，运到仓库入口处后放下。

“从这里拖进去。不要让她看出里面有人。”

“您打算怎么办？”

“我们得赶紧离开，去找折尾折尾。不过，敢反抗我的家伙，决不能饶恕。真是气死我了。拿他助助兴吧。”稻叶悄声说，不想让兔田听到。

稻叶等人将一个大麻袋拖进来时，绵子连看都没看。她已疲惫至极，分不清身上到底哪里疼，只觉得全身难受，一直垂着头喘粗气。

“喂，不许睡！”稻叶不知道什么时候来到她身边，“给你一个机会。”

“机会”这个词并没有吸引绵子，因为她明白根本不可能有什么机会。

稻叶粗暴地扳过她的脑袋，强迫她望向前方。

“那里有个装土的袋子，看见了吗？”

十米之外确实放着一个脏兮兮的袋子，稻叶的部下站在旁边。

绵子正在想那是什么的时候，稻叶拿出枪，对绵子说：“喂！”

他要对自己开枪了吗？绵子不禁身体一震。其实这只是本能反应，她心里早已放弃反抗，要开枪就开吧。

“你从这里开枪，要是能射中，我就放了你。”稻叶并未说“活着放了你”，所以不算撒谎。或许他的意思是等你死后，我会放了你的灵魂。

绵子之所以没有反抗，自然不是因为她相信稻叶说的什么“机会”。她只是想，在兔田来之前，她决不能死，所以最好还是不要激怒他们。

见绵子将视线投向了笔记本电脑，稻叶便说：“看见屏幕了吗？兔田正在来的路上，但还远得很。所以在他来之前，你就照我说的做。”手机定位显示兔田仍在那栋住宅附近。

稻叶给绵子松绑，让她坐好，并把枪塞到她手里，仔细教她怎么握住手枪、瞄准目标、扣下扳机。稻叶想到绵子很可能豁出去朝他开枪，所以没有忘记绕到绵子背后。如果绵子敢反抗，他就立刻开枪。

兔田遵照稻叶的命令，在麻袋中不敢动弹。绵子也遵照稻叶的命令，准备朝袋子开枪。

可能有人会问：这样做有什么用？

在这里玩弄这对夫妇，并不能找到折尾折尾，也不能解决稻叶集团面临的汇款问题。这完全是毫无意义的时间与毫无意义的暴力，但焦躁的稻叶只想这样发泄一番。

忠于自身的欲望使他成功，这也是事实。

当子弹打中麻袋，就会随即传出惨叫，鲜血慢慢渗出，他再从中拖出兔田。到时候，把这个女人的表情录下来。对！稻叶脑中闪过一个念头。这种视频说不定有市场需求。自己身处安全地带旁观他人的痛苦，是一大乐事。妻子枪击丈夫的录像，也许有人喜欢看吧。

稻叶眼前一亮：等着他汇款的那个人说不定对这种视频有兴趣。如果提出新的商业合作模式，汇款期限也可能有商量的余地。

稻叶的心情轻松起来，他让一个部下用手机录像。最后关头竟然还能想出新点子，我稻叶真是不简单——他简直佩服起自己，只后悔没提前准备更精良的摄影器材。

部下做好录像准备后，稻叶说："开枪！"

"呃……"

"怎么了？"

"开几枪？"

听到一无所知的绵子如此询问，稻叶差点笑出来。"三枪吧。要是三枪都射不中就完了，所以你小心点，好好瞄准！"

绵子点点头，举起枪。

"注意有后坐力。"稻叶在后面说，并命令站在麻袋旁边的部下离开。

绵子怎么也扣不动扳机。稻叶虽然不着急，也开始不耐烦地倒数计时。妻子枪击丈夫前五秒，他默念完，清楚地喊了一声"五"，仿佛要让绵子铭记这声音，稍停片刻，他又继续数道："四！"

绵子颤抖着想要拼命瞄准的样子，令稻叶抑制不住心中的快感。好，瞄准！你要是不让他当场毙命，他就要吃苦头了！稻叶想，越悲惨的画面才越有价值吧。

三、二、一，倒计时结束。在稻叶说“零”的瞬间，仓库里响起巨大的枪声。

“太好了！”稻叶双手捂着耳朵欢呼起来，却并没有听到期待中的惨叫。他正纳闷是怎么回事，就见绵子的手朝着上方。原来，她向天花板放了一枪。

“你！你在干什么？”

正当稻叶质问绵子时，绵子大喊道：“我知道了！你想让我把奥利温当成岩石来射击。”

奥利温？岩石？她在说什么？稻叶并未听明白，但他很清楚，绵子已经不再听从于他。他勃然大怒，准备掏枪。这时，又是一声巨响，某个灼热的东西随即击中了他的下半身！

面前的绵子拼命转过手腕，朝后开枪。她乱射一气，但毕竟离得这么近，子弹射中了稻叶的大腿。

“孝则！”绵子喊道。

麻袋中的兔田听到枪声的那一刻已然大惊失色，挣扎着向外逃。

稻叶绝不会放过这两个人。大腿处的枪伤疼得他龇牙咧嘴，但他还是抓住绵子的手腕，夺走了她手中的枪。“快！朝他们开枪！”他大声命令部下。

紧接着，几声枪声响起。兔田和绵子倒在血泊中，就此丧命——

之后的情景本应如此，但实则不然。

仓库厚重的大门被左右推开。

发生什么事了？稻叶等人看向大门。此时，绵子已经豁出去了，只见她身体向后一仰，撞向稻叶。一阵剧痛从大腿传来，稻叶的身体失去平衡，手中的枪掉到了地上。

绵子的反应异常迅速。像要抓住救命绳索一般，她拼命夺过在地上滚动的枪，紧握在手中，随即蹲下瞄准稻叶。绵子知道，就算她现在上气不接下气，肩膀剧烈起伏，这么近的距离，她也绝对不会射偏。

稻叶瞪着眼前的枪口，动弹不得。

“你这张脸真难看。”面部肿胀的绵子竭力挤出一个笑容，“太可悲了，要恨就恨自己无能吧。”说完，她开枪射向稻叶腿部。

随后，稻叶的两个部下朝着进入仓库的身影射击。枪声此起彼伏。

现在有必要补充一下故事的空白部分，让我们先回到North Town。

此时，绑匪刚从二楼跳下，警察正陷入慌乱。中村二人还在现场附近。

在成功扮演绑匪和人质的角色后，中村和今村极力克制着志得意满的兴奋心情，混入了来往的警察中。他们身上的特搜队制服和真正的队员穿的制服款式略有不同，但并没有引起怀疑。几名急救队员抬着担架与他们擦身而过。媒体挤到阻拦报道的警察身旁，想进入现场。中村和今村戴着有透明面罩的头盔，离开了那栋房子。

中村用余光看到一个身着西装的男人。他个子不高，但神色威严，正向周围人下达命令。中村从他身边经过时，觉得他的声音有些耳熟。是谁呢？中村思索着停下脚步。

对了，是夏之目，刚才那个警察，扮演绑匪时还和他通过电话。就像遇到了曾在同一个舞台上共同演出的伙伴一样，中村真想和他握手致意，说一句“刚才我们都很努力”。

不知该说中村考虑不周还是天真无邪，总之，他差点就不慌不忙地对夏之目说出一句：啊，终于见面了！就在这时，今村捡起掉在地上的一张纸，认真看了起来。

“怎么了？”中村走到今村身边问。

“掉在这里的。可能是风吹过来的。”

“住宅地图？”

“上面有乱画的痕迹。”今村的声音隔着面罩传来，听上去很沉闷，“这不是星座吗？”

闻言，中村注意到纸上有用签字笔标出的黑点，连接各点的线条构成了某种图案。

三个臭皮匠，顶个诸葛亮。但两个脑子都不怎么灵光的人凑到一起，问题还是无法解决。他们摊开地图，像两个寻找宝藏的小学生一样，挨到地图前苦思冥想了半天，终于看出那个图案好像是猎户座，地图旁边有一个手写的地址。又过了一会儿，他们才发现这是黑泽所扮演的折尾折尾想得到的信息：这个地址就是警察反向搜索出的目的地。

好在二人最后还是找到了答案，这一点值得表扬。

今村说：“事情会在这里了结，对吧？”中村答道：“应该吧。”

随后，两个人都陷入了沉默。他们的脑海中不约而同地浮现出一个不好的想法，犹豫着该不该说出来。遇到这种情况，烦恼过后往往还是会说出来。于是两个人异口同声地说道：“去看看吧？”

我仿佛听到很多读者发出了无可奈何的惊呼：啊，又多管闲事了！为什么要这样？

或许诸位只想摇头叹息，但就像只要地上有香蕉皮，一定会有人滑倒一样，这是无论大家愿不愿意，都必定会发生的事情。

“怎么办？”今村这句话的意思是“怎么去”，即“去”已经定好了。

“黑泽快到了。”

趁着现场乱作一团，黑泽也会离开现场。他不知道能去哪里弄车，但他的安排是开车和中村他们会合，然后一起撤退。

“要是告诉黑泽先生，他肯定会反对，让我们别插手。”

“我想也是。”

“所以我们坐出租车去吧？反正知道目的地。”今村指了指地图上写的地址。

“打车得花多少钱？”

“没事。这次黑泽先生找我们帮忙，我们这么努力，这点打车钱他肯定出。”今村完全忘了事情的开端之一是他过于粗心。

“倒也是。”中村不是遇事深思熟虑的人，他立刻表示同意，又催促说，“我们得在黑泽来之前赶快走”。

现场的警察和媒体都在关注案情，没有人注意到远去的中村二人，但有一人例外，那就是夏之目。

一开始，夏之目只是看到了中村和今村，但他们捡起地上的纸并盯着看的身影引起了他的注意。

其他特搜队员要么聚集在发生绑架案的那栋房子外面，要么在警车附近待命，这两个人却向和现场相反的方向走去，令他感到奇怪。

夏之目想过去问问他们在干什么，但二人已经背对他离开。路上有很多看热闹的人，侦查员正在整顿现场。夏之目正以为他们是来协助收尾工作的队员，就见两个人混入人群中走远了。

夏之目快步追去，心里并未产生很大疑问。这起绑架案虽不能说圆满落幕，总算已经解决，没必要去怀疑案件背后的隐情和真凶。他穿过人群，却没有发现那两个人的身影。一路小跑又转了一个弯，他才看到身穿特搜队制服的中村和今村正准备上出租车。这时，他终于感到不对劲。

二人把特搜队队员用的盾牌放进后备厢，戴着头盔上了车。

案件还在处理，特搜队员竟然坐上了出租车？谁下的命令？实在是太奇怪了。他们要赶往下一个现场吗？在哪里？这两个人就像偷偷翘课、擅自早退的不良少年，是纪律意识薄弱吗？

夏之目在原地思索片刻，仍一头雾水。他需要先回指挥现场，只能让别人调查一下出租车。他掏出手机，准备给春日部打个电话。

“不好意思，我有急事相求。”一个男人站到他面前，按住了他准备打电话的手。

夏之目惊讶地抬起头，面前的人是折尾折尾。不，应该说是戴着眼镜的黑泽。

“折尾先生，怎么了？”因为手被按住了，夏之目顿时像刺猬竖起尖刺一般警惕起来。

“请不要与任何人联系，和我一起追上刚才那辆出租车。”

“折尾先生，这到底是怎么回事？那两名特搜队员是什么人？”

“之后我再向你说明，现在没有时间了。我有车，可以和我一起去吗？”

“怎么可能？我得回现场。”

“事关人命。”黑泽如往常一样面无表情。刚才他只是为了扮演折尾折尾，才一直客气地说话，现在他的话听上去倒是无比真诚。

“人命？”夏之目紧张起来，“那更要……”他想说更要联系其他警察了。

“事情传开就糟了，而且时间紧迫，请现在立刻和我一起去。”黑泽指了指停在路边的车，“详细情况上车再说，警察内部可能有人和嫌疑人串通。”

几分钟前，黑泽把车停在路边，准备按计划和中村他们会合。就在那时，他接到了一个电话。手机上没有显示来电号码。

这个手机怎么到了黑泽手里，或许应该按部就班地讲述一下。

白兔作战中，手机一开始在兔田手里。在勇介家，只要稻叶打来电话，兔田就必须得接。之后，假扮成折尾折尾的黑泽要把手机拿到警察面前，请他们调查来电，所以手机必须送到黑泽手中。

“要在什么时候，怎么给你？”商量的时候，兔田问黑泽。

“你怎么什么都问我？”黑泽冷淡地应道。实际上，他也不知道答案，正在苦恼如何是好。

这时，勇介的母亲给了他灵感。“连续剧里，绑匪不是会让警察拿这个来、拿那个来吗？比如食物什么的。”

“有道理。对，就这么办。”

“怎么办？”

“要求警察拿食物来。当然，送食物本身并没有意义，如果可以，我想趁机使用这栋房子。”

“这栋房子？”勇介没听明白。

“没错。会发生绑架案的是隔壁家，所以，让绑匪要求警察从隔壁家扔食物过来，如何？隔壁家的隔壁家就是这里，对不对？警察为了投递食物必须进入这栋房子。此时，如果绑匪再要求把折尾折尾带来，假扮成折尾折尾的我就会和警察一起来到这里。”

“从这里向隔壁扔东西？真的吗？像投接球游戏那样？”

“没什么奇怪的。绑匪想吃东西，又对警察有所防备，不想让他们直接把食物送到家里。这个点子不错，而且到时候你就能离开这栋房子了。”黑泽看向兔田。

“我？”

“绑匪提出要求，警察就会进这栋房子，但毕竟不能擅自使用他人房屋，所以他们还会说‘绑匪要求我们从这里往那边扔东西，请协助’。到时候，你装作这家住户，表示还没来得及出去，然后直接离开就行了。”

“手机怎么办？”

“你走的时候放到院子里的某个地方，之后我们再确定具体位置。总之，我会拿到手机。”

“然后由你来接电话？”

“我尽量不穿帮。”

他们也不知道稻叶什么时候会搜索兔田的定位。如果黑泽拿着手机和警察一起行动，位置多少会有偏移。不确定稻叶将认为这是误差还是兔田已经有所行动，但他很有可能打电话来确认到底发生了什么。如此一来，便能反向搜索来定位稻叶。

事实上，将装着饭团的袋子扔到阳台上之后，黑泽在警车中并未等很久，一个匿名电话就打来了。他没有接，而是对夏之目高声说道：“请查一下这个来电的位置！”

现在又有来电，黑泽看着手机，犹豫要不要接。这肯定是稻叶打来的。

反向搜索已经完成，大可不必理会，黑泽想，但现在还不能引起对方的怀疑。最后，黑泽还是接通了电话。

“喂！你在哪里？刚才为什么不接电话？现在是什么情况？赶紧说！”稻叶说。

前面提到稻叶在仓库打电话，正是此时。

只听稻叶说道："听好了！十分钟之内想出办法，否则这个女人——"黑泽不由自主地接了一句"会变成星星"。刚才已经讲过，稻叶觉得有些奇怪，但黑泽不知道这一点。他说："知道了，稻叶先生，十分钟，我会在十分钟之内找到折尾折尾。"他说完就果断地挂了电话，因为那时他看到了中村二人的身影，而且他们竟然还上了出租车。

应该是我开车去接他们才对。难道他们以为就是那辆出租车？不会吧？

那两个人不遵守约定或者不能遵守约定，也不是第一次了，但连这么简单的安排都不遵守，黑泽简直不是无语，而是佩服了。

他看到今村拿着一张地图钻进出租车，顿时明白了他们要去哪里。这是要抱着游山玩水的心情去兔田前往的地方看个究竟啊。

想到他们那副打扮上了车，黑泽真是同情司机。黑泽本想随他们去，但这时他看见了夏之目。

夏之目显然在怀疑中村二人。看到夏之目拿出手机，黑泽立刻意识到，他是打算联系队员。如果中村他们现在被盯上就麻烦了。黑泽脑海中不禁浮现出警车将出租车包围，二人被拘捕的场面。黑泽不希望这样的事情发生。最重要的是，好不容易才从麻烦中脱身，实在不想再遇到什么麻烦了。这些事本来就和自己半点关系都没有，没完没了的真是烦透了。

黑泽悄悄跑到夏之目身边，按住他准备打电话的手，随口对他说：事关人命、请他协助、不要声张……事后黑泽才发现不必这么做,只要给中村他们打个电话告知警察来了,快逃,不就行了?

黑泽难得失去冷静,总之,这出戏只能继续演下去。

“拜托,请和我一起去。”黑泽不停重复着这句话,说服夏之目上了车。夏之目的确对此产生了怀疑。如果他坚持“你到底想干什么”的态度或“现场负责人不能离开”的说辞,黑泽也不会勉强,只会蒙混过关,迅速离开。黑泽不打算管中村他们了,爱怎么样就怎么样吧。

或许是“事关人命”“警察内部可能有人和嫌疑人串通,最好不要联系他们”这些话奏效了,夏之目带着一肚子问题坐到了副驾驶座上。“去哪里?”

黑泽没有回答,只顾着设定导航。他的手机里存着刚才发给兔田的地址。

“目的地是哪里?”

黑泽依旧没有回答,发动了车子。

黑泽脚踩油门。身旁载着警察的紧张感,对于他来说无比新鲜。他略一提速,脑海中就浮现出旁边的人用手铐铐住他的场景。这也算是非常宝贵的体验,日后能作为一个插曲向别人谈起,但他想象不出自己讲这段故事的模样。

“你该告诉我了吧?到底谁有危险?”汽车驶入宫城野区宽阔的县道后,夏之目问。

“人。”

“我知道是人。是谁？在哪里？”

“刚才我已经说过了。”黑泽只得用不习惯的客气口吻说话，十分痛苦，“此次绑架案背后有一个集团，集团中的一些人可能囚禁了某人。”

“上出租车的那两个是什么人？”

是冒失二人组、不听吩咐二人组，黑泽很想这样告诉他。“可能是集团成员。”

“你是说，他们假扮成特搜队员，来围观绑架案？”

也可以这么说，黑泽想。“他们或许是为了混入现场，向同伙传达消息，所以穿成那个样子。”

“现在他们要去和同伙会合？”

“很有可能。”

“你带我去，打算做什么？”

不知道——黑泽差点实话实说。

“还有，”夏之目问，“你为什么对我这么放心？”

“放心？什么意思？”

“你不是说过警察内部有人和嫌疑人串通吗？如果那个人就是我，你打算怎么办？”

“你是吗？”

“不是。”

“那不就行了。”

夏之目仿佛为了让自己平静下来，深深地吐了一口气。“如果像你刚才那么问，没有哪个人会承认吧？”

“您说得对。”用不习惯的语气和警察对话，果然不轻松。不小心上了贼船，却迟迟找不到下船的时机。

“路上真是空荡。”夏之目说。道路上几乎没有车，一路都是绿灯。夏之目不再向黑泽发问，而是看向窗外。他的目光令人觉得，他似乎已经忘记了自己是 SIT 的负责人。

常言道，眼睛是心灵的窗户，像嘴巴一样能说话。当时，夏之目确实把 SIT 忘得一干二净。

等间距排列的路灯照亮冷色调的车道。微弱的灯光下，笔直的白色车道线向前无限延伸。也许是因为汽车一直静静地直行在道路上，坐在副驾驶座上的夏之目神思恍惚起来。夜色如同一只大手，将这辆车紧紧包围。

到底要去哪里？就这样不停歇，一直驶到人生终点该有多好，夏之目想。

“爸爸。”

这个声音让夏之目睁开眼睛。他发现自己刚才睡着了，在驾驶座上手握方向盘的不是折尾折尾，而是女儿爱华。“爸爸，好久不见。”她说，“你累了吧？”

从什么时候起，女儿又能开车了？

过世的女儿自然不可能出现在面前，现在只不过是夏之目梦中的场景。他面露微笑。在后排座椅上坐着的是他的妻子。

妻子和女儿离开后，他几乎每天都梦见她们，但场景大多是凄惨的。自从杀掉那个行骗的占卜师，他眼前总是浮现出可怕的场景，他甚至会让自己尽量不要睡着。和梦中不同，现在出现在车里的妻子和女儿神色非常平静，即便在沉沉黑夜中，他的眼前也充满光亮。

“因为他工作还是那么拼命。”妻子在后面说。驾驶座上的爱华也开玩笑似的应道：“工作比我们重要嘛。”

“怎么可能……”夏之目小声反驳，心想，如果不工作，我满脑子想的都是你们，会想到心都碎了。“我只想抛下一切，去你们那边。”他不由得说出了心里话。

“那可不行。”爱华笑着说。她不再目视前方，而是看向坐在身旁的夏之目，“我还是第一次这么仔细地看爸爸呢。”

夏之目没有意识到自己哭了。他哽咽着，说不出话来，只能发出微弱的呼气声。

“爸爸，和星星的一生相比，我们的人生只是短短一瞬间。”

是的，我出生了。是的，我经历了许多。是的，我死去了——夏之目想起爱华曾说过的话。

“这依然是非常宝贵的一瞬间。以前我说一件什么事的时候，爸爸不是冲我发过火吗？你说和别人比没有意义，我们是我们，别人是别人，拿我们的人生和星星的一生相比，更没有意义。”

夏之目频频点头，虽然他并不明白女儿想说什么。

“我觉得冉阿让很厉害。”女儿又提到了那部小说，“有人被误认成冉阿让而遭到逮捕。冉阿让只要装作不知道，就不会有事，但他非常烦恼，担心那个人将蒙受不白之冤，不知该如何是好。他曾告诉自己这是神的安排，不必出来认罪，但苦思冥想后，他决定走上法庭。他不知道该怎么去，好不容易找来一驾马车，却差点来不及。到了法庭之后，那里又挤满了人，他进不去。”

“什么意思？”

“‘没办法，能做的都做了’，这样的借口很多，但冉阿让最终还是历尽千辛万苦赶到法庭，清楚地说道‘冉阿让是我，不是这个男人’。”女儿好像在说自己崇拜的偶像。夏之目听着，不禁呢喃。

“你没事吧？”

突然，一个男人的声音响起。夏之目坐直身体，看见刚才爱华坐的驾驶座上，折尾折尾——不，是假扮成折尾折尾的黑泽正握着方向盘。

“你刚才睡着了，还说了些什么。”

“哦，是吗？”

“做噩梦了？”

折尾怎么用这种口气说话？夏之目觉得有些奇怪。难道自己还在梦中？也许是因为这样，他突然想给被束缚的心暂时松绑。他换上和朋友说话的口吻：“你喜欢猎户座，是吧？”

“嗯。”黑泽苦笑了一下，“我是这么说的。”

“是这么说的？”啊，算了，夏之目想。“你知道吗？比大海更广阔的是天空，比天空更广阔的是什么？”

“这个嘛，我知道。”黑泽立刻回答。

“你知道？”

“我也看过那本书，因为讲的是小偷的故事。”

这二者之间有什么关系吗？“我没看过。写得好吗？”

黑泽沉默地开着车，片刻后低声说道：“书里有一句话说，罪就像引力。”

“罪就像引力？什么意思？”

“世间一切都摆脱不了罪，它永远存在。只要活着，任何人都有罪。可能是这个意思吧。没有无罪的人。”

“没有无罪的人。”夏之目条件反射般重复着这句话。

“没错。所以书中说，人的目标应该是尽量少犯罪。坚称自己没有犯过罪的人，反而是在撒谎。”黑泽说，“书中的主教还曾说，即使迷失、怠惰、犯下罪行也无妨，只要做一个正直的人就好。”他是在模糊的记忆之上加入独具个人特色的归纳，所以大家最好不要认为他在引用原文。

“正直的人，是什么意思？”

“别问我。追查冉阿让的警官就对何谓正直相当苦恼。他把主人公逼入绝境，所以大家都非常讨厌他，但他并不是坏人，只是在以他的方式维护法律权威和社会秩序。”

“说到警官，和我是同行啊。”

黑泽转头看了看夏之目，突然觉得自己变成了和沙威警官并肩而坐的冉阿让。

“那个警官说，做好人很容易，做正直的人才难呢。”

果然又做奇怪的梦了，夏之目这才像真正醒来一样，用力睁着眼，想揉眼睛。

这时，黑泽停下了车。“到了。跟我来。”

“到底怎么回事？”

“其实我撒了个小谎，”黑泽说，“不过，那边的仓库里肯定有坏人。能收拾他们的只有警察，也就是你，夏之目先生。”

听到黑泽说的这些一厢情愿的话，夏之目本想板起脸，但也许是想起了刚才见到的妻子和女儿，他现在并不想和黑泽计较，只想说一句很久前女儿对他说过的话：“算啦，不得不说这么容易就能被识破的谎言，是因为有不得已的理由吧。”他轻声说完，迈步向前走去。

此后的事情，相信大家都能想象得到，所以我尽量说得简单一点，结束这个故事。当黑泽和夏之目走近那间仓库时，里面恰好响起几声枪响。穿着特搜队制服的中村和今村正走进仓库。

可能是身为警察的使命感油然而生，夏之目皱起眉头对黑泽说：“你离开这里！”发生这么大的骚乱，必须请求支援，他准备打电话。这一次，黑泽没有制止他。

夏之目朝仓库里看去，里面一片混乱。穿着特搜队制服的两个人各压着一个男人，似乎要靠盾牌的重量将人压垮。

到底发生了什么事？内讧？夏之目想着，快步走了进去。“我是宫城县警！”他高声喊道，“仓库已经被警方包围！反抗是没有用的！”一定要骗过他们，他在心中祈祷。

随后，夏之目才看到左边有一个女人。估计是因为双腿被绑，她只能艰难地向夏之目的方向爬去。那副拼命想逃出去的样子实在令人心痛。

夏之目朝女人跑过去时，发现女人背后还站着一个人。那人身上好像有伤，正拿枪摇摇晃晃地对着女人。

夏之目并未细想，身体就先一步展开行动。他掏出枪立刻射击。他的枪法称不上出色,但此时他有自信不会射偏。开枪的瞬间，他察觉到弹道偏了，但他看见爱华和妻子从空中一闪而过，轻轻吹了口气，子弹便又回到了正确的方向。

男人发出一声惨叫，倒在地上。夏之目随即跑过去。那人正是稻叶，正捂着耳朵挣扎，咒骂着在地上翻滚。看见男人大腿也在流血，夏之目立刻意识到这是刚才从他身边离开的那个女人，也就是绵子开枪打的。夏之目捡起掉在地上的枪。

“尽量别让这个女孩牵扯进来。爸爸，就当成是你开的枪吧。”

夏之目不知道自己是否真的听到了女儿的声音，但他还是拿起枪，在上面清晰地留下了指纹。

稻叶依旧在地上叫唤，既是因疼痛而呻吟，也是在发泄愤怒。这个举止倨傲、对绵子大打出手的可恶男人，就只受到这样的教训吗？或许有人对此感到不满。请不要担心，是我没有详细描写。稻叶后来进了监狱，可以说死得相当难看。

夏之目给大喊大叫的稻叶戴上手铐，又把中村和今村押着的那两个男人绑了起来。他接着看了看四周，确认还有没有其他人。只见刚才那个女人像尺蠖一样挪动着身体，朝一个麻袋爬去。夏之目跑去打开麻袋，吃惊地发现里面装着一个男人。他急忙把男人拉出来，对方身上缠满了胶带。

“孝则！孝则！”女人靠向男人，几乎要压在男人身上。

夏之目仔细一看，女人面部肿胀，那副惨状令他大为震惊，但同时也能感受到二人重逢的喜悦。

接下来只要等待后援，夏之目准备把那几个被绑着的男人集中到一处。这时他想起了折尾，便回头看去。

黑泽正站在仓库门口，往里扔偷偷藏在衣服里的东西。那个手榴弹形状的东西冒出红色的烟雾，他接着扔出了第二颗、第三颗。从勇介家二楼父亲的书架中借来的仿真军事用品派上了用场。

红色的烟雾笼罩仓库，夏之目呆立在原地。黑泽趁机冲进去，跑到中村和今村身边，说了句“放下东西快走”，就拉着扔下盾牌的二人来到外面。“那种东西以后再买。”

什么？原来是黑泽？中村对于黑泽尾随而来一事感到非常惊讶，但他想，如果是黑泽也不足为奇。“正版盾牌真是买对了。”中村说。

仓库内烟雾弥漫。

如果是有毒气体，就跑不出去了，夏之目刚做好这样的心理准备，不知哪里传来一个声音：“夏之目先生，顺便说一下，这是无害的。”

浓浓的红烟包围了夏之目。他感到这烟好像吸走了心中的污垢，将他伤痕累累的盔甲卸下。

现在，他的脚下花朵盛开，天花板上繁星点点，仿佛能和女儿伸手遥指。

大约在白兔事件过去三个月后，黑泽在仙台市的泉中央站下了地铁。“大约在白兔事件过去三个月后”这种说法或许并不准确，因为白兔事件还在继续。不过，前面已经多次说过，世上本来也没有人把发生在仙台市某独栋住宅内的绑架案称为白兔事件，所以诸位还是不要在意这些细枝末节了。

绑架案令社会陷入混乱。

一开始，不光是警方，连电视机前的普通观众也认为案件会以绑匪跳楼而宣告结束，但随之浮出水面的隐情却谜团重重。

从二楼坠亡的绑匪，准确地说，是那个被当成绑匪的男人，实际上在几个小时前已经死亡，而人质却连个影子都没有。同一天，仙台港的仓库内发生枪击案。现场发现一个被囚禁的女人和其丈夫。根据她的丈夫兔田的供述，仓库内的几人均是绑架集团的成员。

警方顺藤摸瓜，逮捕了该集团在东京的同伙。但至此，不仅没有真相大白，案情反而变得更加复杂。警方自不必说，连媒体都焦躁起来。

不，没问题的，根据在仙台港逮捕的那些人的供述，肯定能查清事实，可探明真相的路上仍阴云密布。绑架集团的人坚称绑架案是兔田所为，兔田则予以否认。在案发的住宅中并未发现兔田的指纹，而且可以确定，和警方通电话的人也不是兔田。这栋房子和其中的住户本身也有诸多谜团，房子不但没有户主，买房的人过户时使用的很可能还是假名。

探明真相的路上何止是阴云密布，简直传来了电闪雷鸣。当然，也不是什么都没弄清楚。

从二楼坠落的死者名叫折尾丰，自称是咨询师，和绑架集团有联系。其死因是在泉区的路上与一个年轻人发生冲突，导致摔倒。年轻人很快自首。他和他的母亲一时慌乱，将尸体运回了家中，即发生绑架案的那栋房子隔壁。二者之间肯定有关联，一定可以破案！侦查员们像处于劣势的球队集体从休息席起身欢呼一样兴奋。但对于尸体是怎样从年轻人家移动到隔壁的，他们仍毫无头绪。

据母子俩说，可能是有人趁他们不在家，将尸体搬运过去了。谁都会怀疑“难道不是那对母子搬过去的吗”，可是眼下既没有证据，也无法回答“为什么要这么做”这个问题。

最终结论是“绑匪可能是出于某种原因，从那对母子家运走了尸体”，这话听起来煞有其事，但完全没说清具体情况。此外，案发当天，警察登门时出来的男子到底是谁？这一点不得而知。

有一名自称折尾的男子曾协助调查，但此人的身份目前还不清楚，他连指纹都没有留下。绑匪发来的照片也很模糊，而且肯定是乔装后的样子，因此，大家都对这条线索不抱希望。

战况越来越诡异，坐在休息席上的队员士气低落。此时，一个令警方意想不到的巨型炸弹爆炸了。白兔事件与其说是一次事件，不如说是一场无法说出凶手姓名的天灾。

刚才，黑泽正在仙台站东口的钓鱼池。

“若叶一直唠叨个不停，说她当时有多么卖力。”坐在旁边的中村一副不知如何是好的口气说道，“说得好像我和今村只是待在那栋房子里，什么都没干似的。黑泽，你也帮忙说说我们有多努力。和警察打交道真麻烦，演戏也特别难。”

黑泽没搭腔，只是静静地盯着鱼竿前端。

“对了，黑泽，那个父亲怎么样了？”

“那个父亲？”

“就是喜欢收集仿真军事用品的暴君。”

根据黑泽的预想，勇介母子和折尾丰的死有关，且他们藏匿了尸体，案情如此复杂，想必警察不会轻易放人。只是勇介并非故意杀人，母亲也是爱子心切，如果法官不带任何成见判案，理应不会对母子俩予以重判。即使重判，也和黑泽没有关系。最后和他们在一起时，母亲说“出了这么大的事，但我终于下定决心了”，黑泽还记得她说这句话时的神情。

“什么决心？”黑泽问。

“我要重新来过，毕竟人生只有一次。”母亲回答。

令黑泽吃惊的是，母亲又自顾自地问了他一句“能重来吗”，你以为我就知道答案吗——黑泽很想这么说，但又嫌麻烦，只答道：“这个嘛，应该能吧。”也许他还这样解释过：遇见主教后，冉阿让开启了波澜万丈的幸福人生。和主教的相遇，是那部长篇小说的开头，后面还长着呢，有个家伙花了五年才读完。

“那家的父亲已经难以招架了吧？他越是出现，就越讨人嫌。”由于家人被捕，勇介的父亲成为媒体争相采访的焦点。也许是因为强硬的性格容易惹祸上身，父亲总是一副傲慢的态度，言辞也很轻率，反而让大家同情起勇介和母亲。

“简直不知道到底谁对谁错。”

“人类的历史一向如此吧？”

“不知道。”中村笑了笑，“对了，黑泽，你那时真的打算离开仙台吗？”

黑泽见浮标沉下去，赶紧提竿，鱼饵不见了，却没有钓到鲤鱼。

那天晚上，黑泽在仓促间做出了决定。他开车载着副驾驶座上的夏之目，从 North Town 前往仙台港，路上和夏之目交谈了几句。说黑泽是乔装打扮，他也不过是戴了一副眼镜而已。当时他确实成功逃脱，但以后有人在哪里碰到他时，很有可能会质问“你不就是当时那个人吗”。为避免这种危险，至少得离开宫城县警的管辖范围，于是黑泽决定换个地方谋生。

此时，如前所述，一个令警方意想不到的巨型炸弹爆炸了。

夏之目坦言自己曾杀过人，并因此被逮捕。

白兔事件的复杂程度至此到达顶点。警方和媒体都相当伤脑筋：这件事该如何处理？

“夏之目没有出卖你？”

“好像是。”

对于如何解救了被囚禁在仙台港的绵子，及如何去仙台港，夏之目只字不提，警察也不知如何是好。

“他为什么不说？”

“也许以他现在的状态，需要做精神鉴定？”

“也许？”

“他现在像沙威一样，相信法律就是一切吧。”

“那家伙是谁？”

“夏之目或许在以自己的方式做一个正直的人吧。”

“仔细想想，你有必要奉陪到底吗？”

“什么？”

“既然从那栋房子出来了，你可以直接逃走吧？不用再接近警察，演一出那么危险的戏码，扔下兔田离开不就行了？”

“我也这么想过。”

“那你还特意出手相助？不像你的风格啊。你不这么觉得吗？”

“是啊。”黑泽的声音不带任何感情。他手持鱼竿，一动不动。

其实他也不明白自己为什么要伸出援手，演这么麻烦的戏。可以确定的是，他并不同情兔田和他的妻子。“也许是因为我对绑架人质的家伙感到愤怒吧。”

“正义感？”

“干尽坏事，却只有自己躲在安全地带，这样的人不是令人很伤脑筋吗？满不在乎地破坏集团的规则。”

“都怪告知候鸟季节变迁的那位？”

黑泽没有说话，他感到有鱼上钩了，于是拉起鱼竿。水花飞溅，上钩的鲤鱼弹跳着。

“啊，好可怜。”一旁的中村感叹，“这么对待鱼，你不觉得心痛吗？”

黑泽对此毫不在意。

中村接着说：“你假扮折尾第一次在电话中说‘请问，您是哪位’的时候，实在是好笑，我好不容易才忍住没笑。”

黑泽依旧没有反应，只是默默地从鲤鱼嘴中取出鱼钩。

黑泽的副业是做侦探，他走出检票口调查人们的行动，还顺路去了车站里的一家商店。报纸上的标题映入他的眼帘，写的是“警察犯下杀人案”，报道的估计是夏之目的事。

黑泽想起走进那个仓库前，夏之目曾轻声说：“是因为有不得已的理由吧。”说完，他又像说给自己听似的低语，“经历了许多呢……”

是的，我出生了。是的，我死去了。在这之间，我经历了许多。

爸爸——也许，当时夏之目听到了这个声音？黑泽自然无从得知。

黑泽把钱递给店员，买了一份报纸。

这时，另一个女店员走过来说：“绵子，该换班了。”

正在给黑泽找零的店员应道：“好。”

这个名字太熟悉了。黑泽抬起头，望向店员。难得故事已经接近尾声，如果他此时问一声“你在等兔田吗”似乎也不错，但他没有这么做。于是，这个故事就此落幕。

后记

以前我写过几个绑架案，所以这次动笔之际，想写一个最终版。一开始我想写硬核犯罪小说，描写警察和绑匪之间扣人心弦的攻防战，却怎么也写不出这种感觉。不是这样的，也不是那样的，想着想着，就变成我喜欢的电影《火线对峙》《龙胆虎威》和《王牌对王牌》的混合体，一部具有我个人风格的《人质》。

我能顺利写完吗？也许不会吧。对此，我非常不安。现在总算完成了，我终于松了口气。

在写绑架案时，我参考了实际发生过的绑架案的报道和参与办案的警察的经历，并在此基础上进行加工。这部小说是虚构的，大家在阅读时，如果能当作一个非现实的故事来欣赏，是我的荣幸。

文中引用的《悲惨世界》，参考了筑摩书房文库版、西永良成先生的译本。

参考文献

《猎户座已经消失了吗？》，县秀彦著，小学馆 101 新书

图书在版编目（CIP）数据

白兔／（日）伊坂幸太郎著；田秀娟译．—— 海口：南海出版公司，2021.11

ISBN 978-7-5442-8532-2

Ⅰ．①白… Ⅱ．①伊… ②田… Ⅲ．①长篇小说－日本－现代 Ⅳ．①I313.45

中国版本图书馆 CIP 数据核字（2021）第 184866 号

著作权合同登记号 图字：30-2019-083

Whiterabbit by Kotaro Isaka
Copyright © 2017 Kotaro Isaka/CTB
All rights reserved.
Originally published in Japan by SHINCHOSHA Publishing Co., Ltd.
Chinese (in simplified character only) translation rights reserved by Thinkingdom Media Group Ltd under the license granted by Kotaro Isaka arranged through CTB Inc.

白兔

〔日〕伊坂幸太郎 著
田秀娟 译

出　　版　南海出版公司　（0898）66568511
　　　　　海口市海秀中路51号星华大厦五楼　　邮编 570206
发　　行　新经典发行有限公司
　　　　　电话（010）68423599　　邮箱 editor@readinglife.com
经　　销　新华书店

责任编辑　张　锐
特邀编辑　徐晏雯　倪莎莎
营销编辑　张丁文　张媛媛
装帧设计　李照祥
内文制作　王春雪

印　　刷　北京盛通印刷股份有限公司
开　　本　850毫米×1168毫米　1/32
印　　张　8.5
字　　数　168千
版　　次　2021年11月第1版
印　　次　2021年11月第1次印刷
书　　号　ISBN 978-7-5442-8532-2
定　　价　59.00元

版权所有，侵权必究
如有印装质量问题，请发邮件至zhiliang@readinglife.com